優等生だった子爵令嬢は、恋を知りたい。

～六人目の子供ができたので離縁します～

2

完菜
Canna

ill.いちかわはる
Haru Ichikawa

CONTENTS

第五章　セレスティーヌの新たな役割

ドレスショップで、シャルロット殿下が立ち去った後は二人ともドレスを選ぶ気分ではなくなってしまった。さっきまでとても楽しそうにエヴァルドが、ドレスを選んでくれていたのにとても残念だ。

女性店員の方を見ると、気まずそうな雰囲気を醸している。ドレス選びの続きを、促していいものなのか思案しているようだった。

セレスティーヌとしては、何も買わずにこのまま帰るのは何だか悔しい……。エヴァルドの方を見ると、先ほど見せてくれた笑顔は既に萎《しぼ》んでいた。この後どうしようか、考えているみたいだ。

セレスティーヌは、さっき選んでいた外出用のドレスだけ買って帰ろうと決める。この嫌な雰囲気を払拭させたくて、わざと明るい声で発言した。

「エヴァルド様、さっき選んでくれていたドレスだけ買って、今日は帰りましょうか？」

セレスティーヌが、エヴァルドの顔を窺《うかが》う。

「そうですね。実はさっき、これはどうかなって思ったのがあって……」

エヴァルドはとても自信がなさそうで、自分が選んだもので大丈夫なのか心配しているふうだった。セレスティーヌは、何だか可愛《かわい》いなと思ってしまう。シャルロット殿下に絡まれていた時は、あんなに頼もしかったのに……。このギャップも、エヴァルドの魅力の一つなのだろう。

「どれですか？　見てみたいです」

セレスティーヌは、笑顔でエヴァルドに返答する。

「では、こっちです」

ちょっと恥ずかしそうにエヴァルドが、セレスティーヌを案内してくれた。エヴァルドが見せてくれたドレスは、薄紫色の上品な物でセレスティーヌが今まで着たことがない色だった。

自分では絶対に選ばない色を選択してくれ、びっくりしたけれど嬉《うれ》しい。

試着してみると、エヴァルドが何だかちょっと恥ずかしそうに、嬉しそうにはにかんでくれたので、セレスティーヌもつられて頬が赤くなる。

女性店員にも、とてもお似合いですと薦められて購入することにした。

セレスティーヌが自分で購入しようとすると、エヴァルドが「私が払います」と譲らない。申し訳ないと思ったけれど、ここで意地を張っても仕方がないので素直にお願いする。

エヴァルドが代金の支払いを済ませている間に、セレスティーヌはドレスを着替えた。

その時に、店員から「何だかとても初々しいカップルで羨ましいです」と笑顔で言われてしまう。

違いますと否定したが、店員はそうなんですねと微笑《ほほえ》んで流される。セレスティーヌが、否定すればするほど嘘《うそ》っぽくなりそうで仕方なく口を噤《つぐ》んだ。

だけど心の中では、本当に違うのにともどかしさを感じていた。こんなふうに誤解されたらエヴァルド様に申し訳ない。

だってエヴァルド様には、もっと若くて可愛い子がきっと似合うのに……。

でも……、セレスティーヌは考えてしまう。もし、結婚したのがエヴァルド様のような男性だったら、どんな結婚生活だったのかしらと――。

考えてみて首を振る。

こんなこと考えても仕方がない……。セレスティーヌは思考を停止させた。それを考えてしまったらいけない気がしたから。

ドレスショップを出て、行きに話していたレストランに連れてきてもらう。

大きなレストランを予想していたが、こぢんまりとした可愛らしい建物のレストランだった。

何でも、知る人ぞ知るレストランで、誰かの紹介がないと予約が取れないそうだ。魚介類の料理が得意なお店で、どれもこれも美味《おい》しくて一口料理を運ぶ度に笑顔が零《こぼ》れる。

その姿を見て、エヴァルドも連れてきた甲斐《かい》がありましたと嬉しそうだった。

二人とも料理を食べ終わり、食後のお茶を口に運んだ。少しの沈黙の後、セレスティーヌはしゃべり出す。

「エヴァルド様、行きの馬車の中で話していた私のことなのですが……。今、話しても大丈夫でしょうか？」

エヴァルドは、飲んでいたお茶をテーブルに置いてセレスティーヌに視線を送った。

「はい。もし、話すのが嫌だったら話さなくても大丈夫ですよ」

セレスティーヌは、エヴァルドの気遣いが嬉しかった。だけど、お世話になっているのだから、話しておいた方がいい。

「私、二〇年前に家の事情で公爵家に嫁入りをしたんです。相手の男性が、かなり訳ありでして……。結婚生活は、二〇年だったのですがその間に愛人が最高で五人、常時いるような方でした。愛人のことは、結婚する前から知らされていて……。それは許すこと、愛人が産んだ子供は自分の子として育てることが条件でした」

セレスティーヌは、一気にしゃべった。リディー王国に来てから、この話をするのも三回目。

オーレリアに言われたように、短期間のうちに三回も人に話したので嫌悪感が薄れた気がする。ただの事実として、自分の口からスラスラと出てきた。

誰かに話すことに抵抗があったはずなのに、どうでもよくなってきている自分がいた。人に話すと楽になるって、本当なのだなとセレスティーヌは実感する。

エヴァルドの顔を窺うと、とても複雑な表情をしている。憤っているような、衝撃を受けているような、どんな感情を抱いたのか表情からは読み取れない。

セレスティーヌが、言葉を待っていると……。

「愛人が五人……」

エヴァルドが、ボソッと言葉を零した。聞いたセレスティーヌは、笑ってしまう。

「ふふふ。一番気になったのは、そこですか？」

エヴァルドが、ハッとした顔をして焦っている。

「すっすみません。言葉に出ていました……。何と言うか、自分には信じられないといいますか……。こんなに綺麗《きれい》な方が奥さんで、愛人が五人って意味がよくわかりません……」

エヴァルドは、心底信じられないような顔をしている。

セレスティーヌは、綺麗な奥さんと言われてくすぐったい。でもきっとエディーは、そんなふうに思ったことなんて、ないだろうと冷静に分析する。

「きっと元夫は、そんなふうに思ったことないと思います。なんせ初めて会った時に、はっきりタイプじゃないって言われましたから」

セレスティーヌが笑いながら言う。彼女にとって最早笑い話になっている。

聞いているエヴァルドは、目が点になっているが……。

「それは……、何て言っていいか……。私には信じられません……」

そうだろうとセレスティーヌは思う。エディーのことがわかる人なんて、普通の人でいるはずがない。

「そういう夫だった訳なのですが、最終的に五人の子育てに一区切りつきそうなところで、また子供を作ったんです。子供は、五人までにしてくださいと結婚時に約束していたにもかかわらず……。それで今回、離縁することにしたんです」

セレスティーヌが、説明の続きを口にした。

エヴァルドは、ただでさえ話の内容に戸惑いの表情を浮かべていたのに、更に話が追加されて表情が消えている。

「離縁されて良かったと思います。私は、セレスティーヌに会えて良かったです」

エヴァルドが口にした言葉は、セレスティーヌに言ったのではなく自分の感じた思いが出てしまっただけだった。

セレスティーヌは、ボソッと言われたことがエヴァルドの偽りない気持ちだと感じ嬉しかった。何だかとても照れくさくなってしまう。

今日は、照れくさいことばかりで嫌だなと手で赤くなった頬を扇いだ。

「ありがとうございます」

セレスティーヌは、俯《うつむ》きがちにお礼を言う。言われたエヴァルドは、また無意識に自分の気持ちを出していたことに焦っている。

「えっと……、はい……」

エヴァルドの顔は完全に真っ赤で、俯いていた。

屋敷に戻ると、いつものようにエヴァルドの祖父であるアルバートが居間で寛《くつろ》いでいた。二人が一緒に帰ってきたのを見て、目じりに皺《しわ》を寄せて笑顔を零した。

「おかえり。エヴァルドは、ちゃんとエスコートできたか？」

アルバートが、ちょっと揶揄《からか》いながら聞いてくる。

「ただいま戻りました。アルバート様、もちろんですわ。とても素敵なドレスを選んでいただいたのですよ」

セレスティーヌが、誇らしげにアルバートに告げる。

「エヴァルドが、女性のドレスを選んだのかい？　大丈夫なのか？　無理に気に入らないものを着なくてもいいんだぞ」

アルバートが、とても驚きつつ心配している。

「おじい様、ひどいです。私だってドレスくらい選べます。あの……、でも……もしかしてセレスティーヌが無理しているのでしょうか？」

エヴァルドは、最初こそアルバートに抗議したが段々と心配になってきたようだった。

「もうアルバート様ったら、あまりエヴァルド様をいじめないでくださいな。とっても素敵なドレスでしたよ。店員さんにもお墨付きをもらったのですから」

セレスティーヌが、アルバートを諌《いさ》める。

「あっはっはっは。そうか、そうか。それは楽しみだな」

そう言って、アルバートはとても嬉しそうに笑っていた。


リディー王国は、緑の葉っぱが茶色に少しずつ色を変え秋の顔を見せ始めていた。すっかりリディー王国での生活に慣れたセレスティーヌは、オーレリアの元を訪れていた。先日、オーレリアと再会した後にあることを相談されたのだ。

オーレリアには、マーガレットという名の九歳になる娘が一人いる。

フローレス家が、伯爵の地位を与えられてからまだ二年。オーレリアたちは、伯爵の地位にまでなれると思っていなかったらしく、娘の淑女教育は基本的なことしか学ばせていなかった。

しかし、伯爵になって二年たち貴族社会で関わる人間関係に変化があった。高位の貴族と関わりができて、娘の淑女教育も本格的なものにした方がいいのでは？　と夫婦で話し合っていた。

そんな矢先に、公爵夫人だったセレスティーヌがやってきて、彼女が淑女教育の指導者に適任だと夫婦で意見が一致したのだ。

マーガレットは、既に学習面の家庭教師はいて充分な教育を受けている。だからセレスティーヌには淑女教育の家庭教師になってくれないかと頼まれたのだ。

話を聞いたセレスティーヌは、自分に家庭教師ができるとは思えず戸惑っていた。しかしオーレリアにはリディー王国で時間を持て余しているのは勿体《もったい》ないと言われる。セレスティーヌなら絶対に大丈夫だからと彼女らしく押し切られた。

昔からオーレリアに何かを押し付けられても、不思議と嫌な気はせずにやってみようという気持ちになれた。

それで今日は、マーガレットとの初顔合わせなのだ。顔合わせをした上で、セレスティーヌとマーガレットがやってもいいと思えたら承諾する約束になっている。

前回、フローレス家を訪れた際は、久しぶりの再会にお互い余裕がなくマーガレットに挨拶せずに帰ってきてしまった。

家庭教師の話を聞いてからセレスティーヌは、オーレリアの娘がどんな子供なのかとても楽しみになった。

オーレリアの屋敷に着くと、前回来た時に対応してくれた執事が応接室に通してくれた。

今日はさすがに、子供がいるからかオーレリアが階段から走って下りてくることはない。

セレスティーヌは、ふふふと笑みを零す。オーレリアも、ちゃんとお母さんしているのね。

暫《しばら》く待っていると、扉を叩《たた》く音が聞こえセレスティーヌは返事をした。

「はい。どうぞ」

セレスティーヌが声をかけると、扉が開き利発そうな女の子が入ってきた。女の子の後ろから、オーレリアも姿を現す。

セレスティーヌは、ソファーから立ち上がって女の子に挨拶をした。

「初めまして。お母様のお友達で、セレスティーヌ・フォスターと申します。よろしくお願いします」

セレスティーヌは、わざと丁寧な挨拶をした。女の子は、緊張した面持ちでセレスティーヌに挨拶を返す。

「初めまして。マーガレット・フローレスと申します。よろしくお願いします」

そう言ってマーガレットは、ふらつきながらも淑女の礼をした。セレスティーヌは感激する。

オーレリアの娘とは思えないくらいしっかりしている。てっきり、天真爛漫《らんまん》で元気な子を想像していた。瞳に、しっかりした意志が感じられる聡明《そうめい》な女の子だった。

「マーガレットって呼んでもいいかしら？」

セレスティーヌは、女の子の顔を窺う。

「はい。では私は、セレスティーヌ先生って呼んでもいいですか？」

セレスティーヌは、先生と呼ばれて何だかくすぐったさを感じる。驚いてオーレリアの方を見ると笑っている。

セレスティーヌは、マーガレットの前まで歩いていって腰をかがめた。

「いいわよ。これはもう引き受けるしかなさそうね。マーガレット、とても素敵な挨拶だったわ。誰にも負けない淑女にするから、一緒に頑張りましょう」

マーガレットは、しっかりとセレスティーヌと視線を合わせて「はい」といい返事をした。

「オーレリア驚いたわ。とってもしっかりしているじゃない」

セレスティーヌは、マーガレットの後ろに控えるオーレリアに声をかけた。

「ふふふー。そうでしょう？　だって私の娘だもの」

オーレリアは、とても誇らしげに言う。

「セレスティーヌ先生。お母様って学園時代は、みんなのお手本になるような生徒だったの？　でもそんな人が、階段を駆け下りたりしませんよね？」

マーガレットが、おかしいですよね？　と言いたそうな顔で訊《たず》ねてくる。そんな表情が可愛くて、セレスティーヌは一瞬でマーガレットが好きになる。

オーレリアったら、また適当なことばかり言って……。学園時代のオーレリアは、不真面目という訳ではないが決して優等生とは程遠かった。

自分に必要ないと思うことは、何とか回避できないか悪知恵ばかり働かせていた。そんな懐かしい学園時代を思い出して笑いが零れる。

「そうね。少なくともお客様の前で、階段を駆け下りるものではないわ。マーガレットはとても賢いわね」

セレスティーヌは、オーレリアを見る。彼女は、ばつが悪そうな顔をしている。

「もう、またそれを言う。この前からそればっかりなのよ。だからセレスティーヌは、お母様の親友だから大丈夫なのって言っているのに」

オーレリアは、娘に対してむくれている。そんな二人を見ていると、どちらが親なのかわからない。

「もう、オーレリアったら。おかしい。ふふふ。なるほど、だからマーガレットはこんなにしっかりしているのね」

普段の親子関係が垣間《かいま》見えてとても楽しいし、オーレリアらしい家族で憧れる。

その後は、これからの学習計画について話し合う為《ため》に、三人でソファーに座ってお茶を飲んだ。

セレスティーヌは、積極的にマーガレットに話しかけた。何が好きか。どんなことができるようになりたいか。すぐに答えが出ないようなことでも、マーガレットはきちんと自分で考えていた。

マーガレットくらいの子供だと、まだまだ親の顔色を窺って代わりに答えてもらう子が多い。きちんと自分の考えを言葉にできるマーガレットを見ていると、両親共に常に彼女の考えを尊重してきたのがわかる。

理想の夫婦で感心する。エディーのことは脇に置いて、自分はどうだったか考えてみるが答えは出ない。案外、自分のことの方がわからない。でも一つ言えるのは、自分の子供を育てるのと他人の子供を教えるのでは全く違うということ。

これから始まるマーガレットとの授業の日々を思うと、楽しさしか感じない。考えていたよりも、マーガレットの学ぶ意識が強かったから。マーガレットなら、どこに出しても恥ずかしくない淑女になれるはず。

セレスティーヌは、自分次第なのだと思ったらがぜんやる気が湧いた。

グラフトン家の屋敷に戻ったセレスティーヌは、書斎机に座ってどんな授業計画を立てようか早速考えていた。

紙とペンを出して思いついたことをメモしていく。まず思い浮かんだのは、セレスティーヌがブランシェット公爵家に嫁入りした直後に行われた淑女教育だった。

家庭教師をしてくれたアルマ先生は、本当に厳しい人だった。でもその厳しさがあったから、セレスティーヌは公爵夫人として恥ずかしくない礼儀作法を身に付けた。

アルマ先生は、厳しさだけではなくとてもわかりやすい指導の仕方をしてくれた。見習うべきところは見習って、アルマ先生が自分に教えてくれたことを、今度はマーガレットに繋《つな》ぎたい。

セレスティーヌには二人の娘がいるが、それぞれ専門の家庭教師がいたので自分が教えた訳ではない。

生徒と先生の関係など初めてで、何だかわくわく胸が躍る。どんなふうに教えたら楽しいかしら？　九歳の子に、アルマ先生ほど厳しくする必要はない。でも、ある程度は厳格さも大切だ。セレスティーヌなりに、楽しくてマーガレットに合った授業にしたい。

その日、思いついたやり方をどんどん紙に記していった。その時間がとても楽しくて、セレスティーヌは久しぶりに純粋に夢中になっていた。

マーガレットとの初顔合わせが終わったセレスティーヌは、一週間後の初授業の為にどんな進め方をしようかずっと考えていた。

淑女教育とは、礼儀作法や社交術、刺繍《ししゅう》や女性らしい仕草などを教える。子供が楽しくわかりやすく学ぶ為にはどうすればいいのだろう？　そればかり考えていた。

ある日の朝、セレスティーヌは早く目が覚めてしまう。リディー王国に来たばかりの頃、気分転換に庭を散歩したことを思い出した。

偶然エヴァルドと出会い、その時に初めて二人で話したことを思い出す。時計を見ると、まだまだ朝食には早かった。

久しぶりに朝の散歩に行こうと、セレスティーヌはベッドから起きて身支度を整える。朝と夜は冷え込む季節になり、厚手のワンピースに袖を通して自分で髪も結う。

朝の早い時間は、侍女たちも忙しくしているので、セレスティーヌは誰にも声をかけずに自分で準備をして部屋を出た。

丁度そこに、屋敷の使用人が通りかかり挨拶を交わす。

「セレスティーヌ様、おはようございます。今日は早いですね」

一〇代と思われる少女は、笑顔が可愛い女の子だった。

「おはよう。早く目が覚めたから、少し庭に散歩に行ってくるわね。私の侍女に伝えてもらってもいいかしら？」

セレスティーヌは、女の子に伝言を頼む。

「はい。かしこまりました。行ってらっしゃいませ」

女の子は、ぺこりと頭を下げてセレスティーヌが向かう方とは逆の方に去っていった。セレスティーヌは、一階に下りる為に階段の方に向かった。

階段を下りていると、上の階から声がかかった。

「セレスティーヌ、おはようございます」

セレスティーヌが足を止めて上を見ると、エヴァルドが下りてくるところだった。

「おはようございます。エヴァルド様」

セレスティーヌは、エヴァルドに会えて知らずのうちに笑顔が零れていた。彼に会うのは、三日ぶりだ。

エヴァルドは忙しくなってしまうと、朝食や夕食にも顔を出すことがなく、会えなくなることも珍しくなかった。

エヴァルドが階段を下りてきて、セレスティーヌのところで止まるとエスコートをする為に腕を出してくれた。

まだちょっとぎこちなさはあるけれど、セレスティーヌに対して自然な態度で接するようになっていた。

最初の頃は、どこか遠慮していて自分からセレスティーヌに近づいてくることがなかった。だから、エヴァルドのこの変化が、セレスティーヌはとても嬉しかった。

「セレスティーヌも朝の散歩ですか？」

エヴァルドがセレスティーヌに訊ねる。

「はい。ご一緒してもいいですか?」

セレスティーヌは、エヴァルドの顔を見ながら聞いた。エヴァルドが嬉しそうに返事をしてくれる。

「もちろんです。私が散歩するって知っていたのですか?」

エヴァルドが、何でわかったのだろうという顔をしている。

「ふふふ。何となくそうかなって思っただけです。エヴァルド様は、毎日朝早く散歩しているんですか?」

セレスティーヌは、今日もエヴァルドに会えたらいいなと思ってはいたが……。本当にいると思っていなかったので内心では驚いていた。

「はい。朝の散歩は毎日の日課なんです。朝の澄んだ空気が好きで、自分をリセットできる気がするんですよね」

エヴァルドは、ごく普通のことですと何でもないように言った。セレスティーヌは、びっくりしてしまう。

朝早く出ていって、夜は遅く帰ってくるのに毎日の日課が朝の散歩だなんて……。体を壊してしまいそうで心配になる。

「ちゃんと寝られているんですか? あまり無理しないでください。私、心配ですよ?」

リフレッシュになっているのなら仕方ないが……。セレスティーヌは、それでも複雑で心配そうな顔でエヴァルドを見た。

「えっと……はい。大丈夫です。習慣づいてしまっているだけで、勝手に目が覚めるだけですので……。でも、あの……セレスティーヌが心配してくれて嬉しいです」

エヴァルドは、ちょっと照れているのか目が泳いでいる。エヴァルドの表情を見ると、特に疲れは見えないので安心した。

だけど、やっぱりセレスティーヌの中に心配は残る。エヴァルドと会話をしながら、グラフトン家の庭園に二人で出てきた。

以前に二人で見た庭とは様相を変えて、秋の花が咲いている。

「この匂いって、金木犀《きんもくせい》かしら？　とってもいい匂い」

セレスティーヌは、朝の気持ちのいい空気と一緒に金木犀の匂いを吸い込む。

「そうなんです。私が金木犀が好きで、毎年綺麗な花を庭師が咲かせてくれるんですよ。奥に咲いていますので行ってみましょう」

エヴァルドが、ゆっくりと歩きながらセレスティーヌを案内する。金木犀は、セレスティーヌも好きな花の一つだ。

とても小さな花だけれど、オレンジ色でとても甘く優しい香りがする。確か花言葉は、謙虚だったと思う。何だかエヴァルド様みたいな花だな。

エヴァルドに案内されて向かった場所には、とても大きな金木犀の木が植えられていた。木の下には、既に散っている花がオレンジの絨毯《じゆうたん》みたいに落ちている。庭園一帯を甘い匂いで包み込み、秋の空気が広がっていた。

「本当にいい匂い。早く起きて良かったです」

セレスティーヌは、笑顔でエヴァルドに話しかける。

「はい。私も良かったです」

エヴァルドは、セレスティーヌの満面の笑みが見られて朝から何て幸運なんだと心の中で思っていた。

ここ何日か仕事が忙しく、疲れていたのも本当だった。でも、セレスティーヌのこの笑顔が見られ、疲れがどこかに吹き飛んでしまう。

セレスティーヌは、金木犀の木に近づいて花の匂いを楽しむ。こんなに大きな木があるだなんて全く気づかなかった。

オレンジ色の小さな花もやはり可愛い。マーガレットは金木犀を知っているかしら？と不意に思った。

エヴァルドは、熱心に金木犀の木を見るセレスティーヌが不思議だった。何かを一生懸命考えているみたいだったから。

「セレスティーヌ、どうかしましたか？」

エヴァルドがセレスティーヌに訊ねる。彼女は、後ろを振り返った。

「この金木犀を、マーガレットは知っているかしら？　って思って。知らないのなら、どんなふうに教えてあげるのが素敵かしらって考えてしまって……」

セレスティーヌは、ちょっと恥ずかしそうに答える。ここ数日、何でもマーガレットに繋げてしまう自分にちょっと呆《あき》れていたのだ。

「マーガレットですか？　それはどなただろう？」

エヴァルドは、聞いたことがない名前が出てきて困惑している。

「そうでした。まだ、エヴァルド様にご報告していませんでした」

セレスティーヌは、アルバートには家庭教師の話はしていたのだが、エヴァルドに会う機会がなくまだ話をしていなかった。

この機会に報告しておこうと、セレスティーヌは説明をした。

オーレリアから、娘の家庭教師になってくれないかと頼まれたこと。オーレリアの娘の名前がマーガレットといい、先日顔合わせをしてきてその話を受けることにしたのだと話す。

「そうですか。何だかとても楽しそうで、いいですね」

エヴァルドは、素直な気持ちを呟《つぶや》く。家庭教師の話をするセレスティーヌの目が、きらきら輝いているように見えたから。

どんなふうに教えたらいいのか迷っているセレスティーヌが、とても楽しそうに見えた。

「そう、見えますか？」

セレスティーヌは、年甲斐もなくわくわくしているのが何だか恥ずかしくて、頰に手を当てた。

「はい。どうやって教えようって迷っているのが、とても楽しそうです」

エヴァルドが、笑っている。彼が、笑ってくれると安心するしちょっとドキドキしてしまう。このドキドキは何だろう？　とセレスティーヌは疑問に思うけど深く考えない。

「私、うまく家庭教師できるでしょうか？」

少しだけ不安に思う気持ちを、エヴァルドにぶつけた。

「セレスティーヌなら大丈夫ですよ。こんなに一生懸命に生徒のことを考える先生なんて、羨ましいくらいです。私も、セレスティーヌ先生に教わりたかったですね」

エヴァルドが、珍しく揶揄うようなことを言った。本来のエヴァルドは、本当はもっと明るくて冗談だって言えるくらいの性格なのかもしれない。

「もう、エヴァルド様まで揶揄わないで！」

セレスティーヌは、恥ずかしくてちょっと拗《す》ねる。

「あっ。すみません……」

エヴァルドが一瞬で萎んでしまう。セレスティーヌは、とびっきり明るい笑顔で語りかけた。

「怒ってないですよ。励ましてくれてありがとうございます。私、頑張ってみますね」

エヴァルドは、俯けていた顔を上げてセレスティーヌを見た。ちょっとはにかんだ顔で笑う。

「はい。頑張ってください」

とても小さな花が集まってできたオレンジ色の絨毯の上。周囲には甘くて優しい香りが、秋の澄んだ空気と溶け合っている。そんな秋の風景が、エヴァルドの控えめだけどとても温かい優しさと重なっていた。


それからのセレスティーヌの日々は、とても充実したものだった。エヴァルドに言われていたように、家庭教師の仕事はセレスティーヌに合っていたらしく、毎日がとても楽しい。屋敷で一日中暇を持て余しているよりも、何かをしている方が性に合っていた。週に三日、オーレリアの屋敷に通って午前中の二時間、授業を行っている。

マーガレットは、思った通りとても聡明で物事を理解する力が強い。オーレリアの血を引いているからか、学ぶことへの探求心もある。とても教え甲斐のある生徒だ。

今日もセレスティーヌは、馬車に乗っていつものようにオーレリアの屋敷に向かっていた。

マーガレットは、基本的なマナーは既に身に付けている。セレスティーヌの役目は、今身に付いているマナーをより洗練させることだった。

マーガレットに教え始めてまだ一カ月ほどだが、みるみる所作が綺麗になっている。子供の吸収力の高さに驚きを覚え、とてもわくわくしていた。

オーレリアの屋敷に着くと、執事に出迎えられマーガレットの元に案内される。最近はもう、すっかりマーガレットの家庭教師として周知されていた。

授業を行うのは、マーガレット専用の勉強部屋。女の子の部屋らしくとてもお洒落《しゃれ》で可愛い。白とグレージュと淡いピンクの三色でまとめられている。

とてもお洒落で最初は驚いた。オーレリアは昔からお洒落だったが、こういった部屋の内装まで得意なのだと感心してしまう。

マーガレットの部屋の前に着くと時間を確認した。セレスティーヌは、約束の一〇分前にマーガレットの部屋に向かうようにしている。時間ぴったりだった。

セレスティーヌが勉強部屋の扉を叩くと、すぐにマーガレットの元気のいい声が聞こえた。

「はい。どうぞ」

セレスティーヌが勉強部屋に入ると、マーガレットが扉の前に立ってお辞儀をした。

「セレスティーヌ先生、ごきげんよう。本日もよろしくお願いいたします」

マーガレットは、背筋をピンと伸ばし初日に会った時のようにふらつくことなく、綺麗な淑女の礼をした。

「マーガレット、ごきげんよう。今日も一緒に頑張りましょう」

マーガレットは、「はい」と元気良く答える。淑女の礼をとくと、すぐに背を伸ばして指先を揃えて両手を前で組んだ。

マーガレットの成長が嬉しくて笑顔が自然と零れる。セレスティーヌは、まず初めに真っすぐに綺麗に立つ練習をさせた。全ての基本は姿勢だと思っている。

立ち姿が綺麗な子は、体の芯がしっかりしているのでふらつくことがない。マーガレットに正しい姿勢を覚えさせる為に、壁を背に立たせた。

壁に、頭、背中、おしり、かかとの四点をくっつけて視線は真っすぐに正面を見る。すると真っすぐで綺麗な姿勢をとることができる。これを、日に数分でいいので毎日やらせている。

「マーガレット、とてもお辞儀が綺麗になったわ。それに立ち姿もとても綺麗。毎日、トレーニングしている成果が出ているわ。でも、マーガレットならもっと綺麗になれる。だから長い時間でも維持できるように練習しましょうね」

セレスティーヌは、マーガレットの背にすっと手のひらを当てた。時間が経《た》つと、やはりまだ崩れてしまうのだ。

「先生、お母様もお父様も見違えるように所作が綺麗になったって褒めてくださったの！」

マーガレットが、目を輝かせてセレスティーヌに教えてくれる。とてもしっかりしているが、まだまだ子供っぽさも残っていてあどけない。

「そう。もしかしたら、お母様よりも綺麗になってしまうかもしれないわね」

セレスティーヌは、ふふふと笑った。マーガレットが、可愛く口に手を当てて笑っている。そんな所作の一つにも令嬢の可憐《かれん》さが出ている。

初めは、子供らしく大きく口を開けてあははと笑っていた。一度、セレスティーヌが注意しただけで彼女は直してみせた。やはり、マーガレットは凄《すご》いと改めて感じる。

「先生、私、お母様が大好きなの。だからお母様みたいな素敵なレディーになりたい。なれますか？」

マーガレットが、明るい笑顔で聞いてくる。

「もちろんよ。今のマーガレットも素敵だけれど、もっと素敵なレディーになりましょう」

そう言って、今日の授業を開始した。セレスティーヌは、与えられた二時間をできるだけ飽きさせずに楽しく行えるように工夫をしている。

二時間ずっと同じことを教えるのではなくて、三〇分を目安に内容を変え教えるようにしている。

最初の三〇分は、昨日の復習から。それが終わると、本を使って状況によって使い分ける言葉を学ぶ。セレスティーヌが今まで経験してきた場面を使って説明するので、マーガレットには想像しやすいらしく、自分でノートをとって覚えていた。

言葉の勉強が終わると、少しだけ刺繡の練習をする。といっても、まだ針に糸を通したり玉留めを覚えたりといった内容。

最後は、セレスティーヌがお茶を淹《い》れてあげて、おやつをつまみながらマーガレットの話を聞く。ゆくゆくは、マーガレットが美味しいお茶を淹れられるようになればと考えていた。

今日のマーガレットは、先日母親のお茶会に連れていかれた時のことを話してくれた。

何でも、性格の悪い男の子がいてとても嫌な思いをしたのだそう。

「先生、私、本当に男の子って嫌。どうしてあんなに乱暴だったり、女の子に嫌がらせしたりするのかしら？」

マーガレットが頬を膨らませて、その時のことを思い出したのかとても怒っている。そんな話を聞いていると、可愛くて仕方ない。

「もしかしたら、マーガレットのことが気になって、ちょっかいかけているのかもしれないわよ？」

セレスティーヌは、カップに手を伸ばしながら答えた。

「そうだとしたらもっと嫌。そんな子と仲良くなりたくないもの。私、仲良くなるなら優しくて紳士な子がいいわ」

マーガレットは、クッキーをつまむと一口で口に入れてもぐもぐと食べている。ちゃんと手を添えて口を隠している。

「マーガレット、今の食べ方凄く綺麗よ。その調子で頑張って」

セレスティーヌが、声をかける。これも立派な行儀作法の勉強なのだ。

マーガレットは、クッキーを食べ終えお茶を一口、口にする。きちんと口の中を空にして、次の言葉をしゃべった。

「良かった。クッキーって、一口で食べるか何口かに分けるか、ちょっと考えちゃいます」

セレスティーヌは、お皿に盛られたクッキーを指さす。

「さっきマーガレットが食べたような小さなクッキーだったら一口で大丈夫。このクッキーみたいに大きければ、何口かに分けて食べるのが正解ね。その場合は、クッキーがボロボロ零れないように神経を使わないと駄目なのよ」

セレスティーヌが実際に食べてみせる。マーガレットが食い入るように見ていた。

「先生、凄い。全然零してない」

マーガレットが、尊敬の眼差しでセレスティーヌを見ている。物凄く素直で積極性があって、本当にいい子。

この子は、どんな大人のレディーになるのかしら？　さっきの男の子じゃないけれど、誰かと恋に落ちるのかしら？　そんな話を聞く日が来るのかもと思うと、とてもわくわくする。

この仕事を、最後までやり遂げたいと思う気持ちが、セレスティーヌの中でどんどん強くなっていた。

閑話 エヴァルドのプレゼント選び

エヴァルドは、王宮からの仕事の帰りで馬車に揺られていた。彼が座る向かいには、執事のテッドが座っている。エヴァルドが馬車の窓から外を見ていると、テッドが話しかけてきた。

「ところでエヴァルド様、先日セレスティーヌ様からもらったプレゼントのお返しは、もう用意されたのですか？」

エヴァルドは、窓の外に向けていた視線をテッドに向けた。

「まだだけど……」

叱られた子供みたいに、小さな声で返答する。テッドは、呆れてしまうが自分がしっかり導いてあげなければと心を強く持つ。

「エヴァルド様……あれから一カ月は経っています。今日は、仕事も早く終わったことですし街に買いに行きましょう」

テッドは、前のめりになって提案した。セレスティーヌ様と、仲を深める機会を棒に振るなんて勿体ない。ここは自分が主導して、何とかエヴァルド様にその気になってもらわなければと考えていた。

「でも、まだ何を買えばいいのかわからなくて……」

エヴァルドが、消え入りそうな声で言った。そんな主人を見てテッドは、こういうところが彼の悪いところだと思った。

エヴァルド様が、そんなふうに卑屈になることなんてこれっぽっちもない。きっと、何をプレゼントしてもセレスティーヌ様なら喜んでくれる。

「エヴァルド様、こういうのは気持ちが大切なんです。エヴァルド様が、一生懸命選んだものならきっと喜んでくれますよ！　セレスティーヌ様の喜んだ顔、見たくないんですか？」

テッドはできるだけ明るく、エヴァルドがその気になるように言った。主人を見ると気が進まない顔をしている。だけど、自分でもこれでは駄目だと思ったのか、了承の返事をした。

「わかった。じゃあ、馬車を商店街の方に向かわせて」

テッドは、御者台と繋がる小窓を開けて指示を出す。行先を変えた馬車が、貴族御用達《ごようたし》の商店街に到着した。

テッドが扉を開けて先に外に出ると、続いてエヴァルドが馬車から降りてきた。外に出てきたエヴァルドは、何かを考えているようだった。

「エヴァルド様、どうかしましたか？」

テッドが、心配になって訊ねる。

「何をプレゼントすればいいのか全く思いつかなくて……。テッドは、何がいいと思う?」

エヴァルドが、困った顔を滲《にじ》ませてテッドに聞いてくる。きっと女性にプレゼントを選ぶのは初めてなのだろう。エヴァルドのことだから、色々なことを考えすぎて決まらないのかもしれない。

「やはり女性へのプレゼントといえば、アクセサリーなのでは?」

テッドは、一番女性へのプレゼントで多いだろう品を提案する。

「それは、お互いが好意を抱いている場合じゃないだろうか? 私とセレスティーヌは、そういう間柄ではないし……」

やはり自分の主人は、とても真面目で融通が利かない。普通の男性なら、好意を抱いている女性に贈るプレゼントに遠慮なんてしない。

でも、もしかしたらご自身がセレスティーヌ様に好意を抱いていることさえも、自覚していないのかもしれない。

しかしどう考えても、意識しているし、好意を抱いているだろうと窺える。テッドは、まずはそこからなのかと遠い目になってしまった。

「では、お花はいかがですか? 女性はみな好きですよね?」

エヴァルドは、無言で考えている。暫くして口を開いた。

「男性が女性に花を贈るのも、何か意味がある気がして重くないだろうか？　後腐れないお菓子くらいでいいのでは？」

エヴァルドは、一番無難なものを選択する。確かにそれでも悪くはないが……。でもテッドは、折角なら特別なものをと思っていた。

自分の頭をフル回転させて考える。

「ですが……折角ですし……。やっぱり、万年筆のように普段使えるものがいいと思います。少し商店街を歩いてみましょう。何か素敵なものが見つかるかもしれません」

テッドは、主人を促して歩き出す。暫くすると、女性向けの雑貨が沢山置いてある店が見えてきた。店構えも可愛らしく、沢山の女性客で賑《にぎ》わっていた。

「エヴァルド様、あのお店なんてどうですか？　セレスティーヌ様が好きそうなものが見つかるかもしれません」

エヴァルドがその店に視線を送るが、何も言わずに通り過ぎる。

「エヴァルド様？　通り過ぎましたけど？」

エヴァルドが、テッドの顔を不貞腐れたような顔で見る。

「あんな店に入れる訳ないだろう？　私なんかが入ったら、格好の噂《うわさ》のまとになるだろう！」

珍しくエヴァルドが怒っている。テッドは、さすがにあの店は自分の主人には難易度が高すぎたかと反省する。

でも、他に何があるだろうか？　商店街をそのまま歩いていくと、ドレスの専門店や服飾雑貨、アクセサリー店などを通り過ぎる。

エヴァルドは、どの店も無言で通り過ぎてしまう。テッドは、どうしたものかと考えを巡らせていた。

すると、この前セレスティーヌと一緒に万年筆を買った文房具店の前を通る。テッドは、足を止めてエヴァルドを引き留めた。

「エヴァルド様、文房具は性別関係なく使えるものなのでちょっと覗《のぞ》いてみましょう」

エヴァルドも同じように思ったらしく、店の中に足を踏み入れる。店に入るとすぐに、店員が対応してくれた。

「いらっしゃいませ。何をお探しでしょうか？」

エヴァルドは、少し考えると店員に返事をした。

「少し、店内を見たい」

「かしこまりました。何かありましたら、お声がけください」

店員は、エヴァルドの言葉を聞くと無理強いすることなく引いていく。エヴァルドは、目に付いた棚から順番に商品を見て回った。

文房具店には、万年筆の他にも紙やインク壺《つぼ》、手帳やレターセットなどが置かれている。

エヴァルドは、レターセットの前で足を止めた。

「テッド、レターセットなんていいんじゃないだろうか？　きっと子供たちに手紙を書いていると思うし」

エヴァルドは、顎に手を当てて考えている。テッドもなかなかいいアイデアだと思う。だけどもっと特別な感じが欲しかった。できれば、ずっと持っていられるような……。

エヴァルドは、店内を一周するらしくレターセットをじっくり見ると次の場所に向かった。そこには、書籍関連の商品が並んでいる。

ブックカバー、拡大鏡にブックマークなんかもある。エヴァルドは、ブックマークの前で足を止めると興味を示した。テッドも横に立って見る。

「テッド、ブックマークがいいかもしれない。セレスティーヌは、本を読むのが好きだって言っていたよね？　これなんか凄く素敵じゃないだろうか？」

エヴァルドは、シルバーでステッキのような形をしているブックマークを手に取る。装飾が凝っていて、女性が好きそうなデザインだった。

ステッキの棒の先端に、三日月のモチーフと丸くかたどった飾りが鎖で繋がれ揺れている。丸い飾りの中央には、アルファベットが刻まれていた。

エヴァルドが手に取って見ていると、店員が近づいてきて声をかけてくれた。

「そちらの商品は、お好きなようにカスタマイズできます。三日月のモチーフに使われている宝石と、丸い飾りのアルファベットはお客様が好きなものを選べます。プレゼントに渡す方のイニシャルや、好きな宝石を合わせる方が多いですね」

店員はそう言うと、見本をお持ちしますと店の奥に消えていった。

「エヴァルド様、凄くいいと思います。アルファベットをCにしてもらって。宝石は何がいいですかね？」

テッドは、熱心に商品を見ているエヴァルドに訊ねた。

「そうだね。アルファベットはCがいいと思う。宝石か……。何がいいだろうか……」

二人で頭を捻《ひね》って考えていると、店員がサンプルをまとめているのだろう分厚い本のようなものを持って戻ってきた。

「お客様、どうぞこちらでごゆっくりご覧ください」

店員は、テーブルと椅子が置いてある場所を指し示して勧めてくれた。エヴァルドも頷《うなず》いて、ブックマークを手にテーブルが置いてある場所に移動した。

エヴァルドが椅子に腰かけると、店員が分厚い本を開いて説明してくれる。宝石の種類がいくつもあり、アルファベットの字体も複数ある。

サンプルを見ながら、アルファベットの字体を決めた。エヴァルドが選んだのは、とてもお洒落な飾り文字だった。

宝石のページを開くと、ダイヤモンドなどの代表的なものから、とても珍しいスギライトといった紫色の宝石など種類が豊富だ。

エヴァルドは順番にページをめくって、青い宝石の部分で手が止まる。テッドは、ずっと主人の後ろに立って控えていた。

青い宝石のページで手が止められたのに気づいて、なるほどと思う。青は、セレスティーヌの瞳の色だ。

「この青い宝石のアイオライトという石は、先を見通す力があるといわれていて、パワーストーンとして人気があるんですよ」

店員が、本に書いてある絵を指し示しながら教えてくれた。エヴァルドが、後ろを向いてテッドに訊ねる。

「この三日月のモチーフに、この宝石を入れてもらうのはどうだろう？」

エヴァルドは、とても自信がない顔をしている。こういったものを選ぶのが初めてで、喜んでもらえるかきっと不安に思っているのだろう。

「凄くいいと思います。お守りとして持っておくのにもいいですしね」

テッドが、大きく首を縦に振る。エヴァルドも、少し自信が出たのか笑顔を零した。

「では、この飾り文字のCを丸の飾りに入れてもらって。三日月のモチーフに、アイオライトを入れてもらえるだろうか？」

エヴァルドが、店員に注文をする。店員は、すかさずメモをとりエヴァルドに確認をした。

「かしこまりました。このブックマークで、三日月にアイオライト。字体は飾り文字のCですね。作製期間に二週間ほど頂きますが大丈夫でしょうか？」

エヴァルドは、頷いて了承する。品物ができたら連絡するということで店を後にした。

帰りの馬車の中でエヴァルドは、セレスティーヌの喜ぶ顔を想像する。初めて贈るプレゼントを、喜んでもらえるだろうか？　どんなふうに喜んでくれるだろう。誰かの為に、プレゼントを選ぶことがこんなに楽しいのだと知り、二週間後が楽しみになる。

こんなふうに、誰かを想《おも》うことが初めてで胸がドキドキしていた。でもきっとこれは、慣れないことをして戸惑っているだけで、深い意味などないのだ。だから、少しだけ喜ぶ自分を許してほしい。

自分が、特別な感情を女性に抱くなんてあって良い訳ないのだから。

第六章　サイラス王太子とのお茶会

ある日、セレスティーヌがマーガレットの家庭教師を終えてグラフトン家に戻ってくると、部屋に手紙が届けられていた。金色の封蠟《ふうろう》が押され、とても高価な封筒だ。

セレスティーヌは全く心当たりがなく、誰からだろうと疑問に思いながらペーパーナイフで封を切った。

手紙の中身を見ると、シャルロット殿下からのお茶会の招待状だった。なぜ、シャルロット殿下からセレスティーヌ宛に、お茶会の招待状が届くのだろう？　全く心当たりがない。シャルロット殿下とは、以前行ったドレスショップで顔を合わせただけの関係だ。どう考えても嫌な予感しかしない。

セレスティーヌは、国を出てきてまで厄介事に巻き込まれたくなかった。これは、エヴァルドに相談した方がいいだろうと部屋を出て執務室に向かった。

エヴァルドの執務室がどこにあるかは知っていたが、実際に来るのは初めてだった。今日、屋敷にいるのかもわからないが、この手のことは早く相談するに限る。

もしいなければ、テッドを呼んで伝えてもらうつもりだった。セレスティーヌは、少し緊張した面持ちで扉をノックした。暫くすると、中から返答があった。

「はい」

声の主はエヴァルドだった。

「セレスティーヌです。お忙しいところ申し訳ありません。少しいいでしょうか？」

セレスティーヌは、扉越しに声をかけた。すると扉が開いて、焦った顔のエヴァルドが、出てきてくれた。

「セレスティーヌ？　どうしました？　何かありました？」

エヴァルドは、とても心配そうだ。

「エヴァルド様、すみません。ちょっとご相談したいことがありまして……」

セレスティーヌは、申し訳なさそうに答える。

「はい。もちろん大丈夫です。中にどうぞ」

エヴァルドが扉を開けて中に促してくれる。セレスティーヌは、執務室の中に足を踏み入れた。

エヴァルドの執務室は、必要最低限の物しか置かれておらずとても殺風景な部屋だった。それでも、公爵家の当主が代々使うに相応《ふさわ》しい重厚感は漂っている。

セレスティーヌは、エヴァルドらしい執務室だなと思った。隅には、テッドがいて驚いた顔をしていた。

エヴァルドが、ソファーの方に歩いていこうとしたので呼び止める。

「エヴァルド様、相談というのはこれのことなんです」

セレスティーヌは、先ほどの手紙をエヴァルドに向かって見せる。エヴァルドが、首を傾《かし》げながら手紙を受け取ってくれた。

封筒の中の招待状に目を通すと、エヴァルドが驚いた顔をした。

「シャルロット殿下からのお茶会の招待状ですか……。嫌な予感しか感じられませんね……。これは、一旦私が預からせていただいてもいいですか?」

エヴァルドが、困惑の表情を浮かべながらセレスティーヌに確認する。

「はい。そうしていただけると、私も助かります。できれば、関わらない方がいいと思うので……」

セレスティーヌは、率直な自分の気持ちを伝える。今までのセレスティーヌだったら、自分一人で解決するしかなかった。だけど、今はエヴァルドという頼りになる人がいる。困ったことが起きて、相談できる人がいるなんて贅沢《ぜいたく》だ。改めて、素敵な人と知り合えて良かったと感じる。

「では、申し訳ありませんが、よろしくお願いします」

セレスティーヌは、頭を下げると執務室を退出しようと扉に向かおうとした。そこに隅で控えていたテッドが、「ゴホンッ」と咳《せき》払いをする。

テッドとエヴァルドが視線を交わし、テッドが何かを訴えていた。セレスティーヌは、テッド風邪かしら？　と心配しているとエヴァルドから声がかかる。

「あの！　セレスティーヌ。私からも用件がありまして……」

エヴァルドが、何だかとても必死な顔をしている。セレスティーヌは、どうしたのだろう？　と首を傾げながらも返事をした。

「はい。何でしょう？」

セレスティーヌは、改めてエヴァルドの方に向き直った。エヴァルドは、今度は緊張したようなギクシャクとした動きで、執務机の方に向かい引き出しを開けている。

セレスティーヌの前に戻ってくると、手のひらサイズの小さな小箱を持っていた。エヴァルドがその箱を、セレスティーヌに差し出す。

「これなんですが……。この前、セレスティーヌから頂いた万年筆のお返しといいますか……。よろしければ、もらっていただけないかと……。もちろん迷惑でしたら、はっきりそう言っていただいて大丈夫ですので！」

エヴァルドが、不慣れながらも一生懸命セレスティーヌへのプレゼントだと説明している。

セレスティーヌは、そんなエヴァルドを見て凄く可愛いなと思ってしまう。大人の男の人に可愛いだなんてきっと失礼だけど……。

でも、この誠実で擦れてない純粋さは、エヴァルドの魅力だ。

「頂いてもいいんですか？　とっても嬉しいです。ありがとうございます」

セレスティーヌは、とても嬉しそうに笑ってプレゼントを受け取る。エヴァルドの手からプレゼントを受け取ると、彼が安心したようにホッとした表情をした。

「開けてもいいですか？」

セレスティーヌは、何だろう？　と目を輝かせている。

「はい。気に入ってもらえるといいのですが……」

エヴァルドの表情が緊張したものへと変わる。セレスティーヌは、緑色のリボンを解くと丁寧に包み紙を開けた。

白い四角い箱が顔を出し、それをゆっくりと開ける。中から、シルバーのブックマークが現れる。

鎖で繋がれた飾りは、月のモチーフとアルファベットが書かれた丸い飾りだ。パッと見るだけでも可愛らしくてキラキラしていた。

セレスティーヌは、ブックマークを箱から取って自分の手の上に置いた。

「とっても綺麗!!　とっても綺麗だし可愛らしくて素敵！」

セレスティーヌは、感嘆の声を上げる。この時セレスティーヌは、ブックマークに夢中でエヴァルドの顔を見ていなかった。

だが、この時のエヴァルドは、よし！　と確かな手ごたえを摑《つか》んで無邪気な笑顔を浮かべて喜んでいた。

「エヴァルド様、この月の青い部分は何なのかしら？　キラキラ輝いていてとってもお洒落だわ」

セレスティーヌは、子供に戻ったみたいに興奮していた。こんなに素敵なプレゼントをもらったのは、大人になってからは初めてだ。

「それは、アイオライトという宝石です。先を見通す力があると信じられていて、お守りになるそうです。店員が教えてくれました」

エヴァルドは、にこにこした表情でセレスティーヌに説明する。

「そんなに高価なものなんですか？　私、頂いても大丈夫なんでしょうか？」

セレスティーヌは、宝石と聞いて気おくれする。普段使いするブックマークに、宝石が使われているなんて思わなかったのだ。

「もちろんです。セレスティーヌのＣも入った、セレスティーヌの為のブックマークですからね。いっぱい使ってください」

エヴァルドが、ちょっと誇らしそうに教えてくれた。セレスティーヌは、そうなのだと新しい発見に驚く。

何でアルファベットのＣが入っているのだろう？　と不思議だったのだ。まさか自分のイニシャルを入れてくれたなんてとても嬉しい。

「エヴァルド様、とっても嬉しいです。本当にありがとうございます。遠慮なく使わせていただきますね」

セレスティーヌは、いつもの淑女然とした笑顔ではなくて花が咲いたような屈託のない笑顔をエヴァルドに向けた。

エヴァルドは、頬をほんのり染めてセレスティーヌから目線を逸《そ》らす。

「セレスティーヌに喜んでもらえて良かったです」

エヴァルドは、恥ずかしそうだったけれどとても嬉しそうだった。


エヴァルドに、シャルロット殿下の招待状のことを相談してから幾日か過ぎた。セレスティーヌは、彼に相談したことですっかり安心して手紙のことを忘れてしまっていた。

グラフトン家の客室でゆっくりしていたセレスティーヌは、エヴァルドから執務室に呼ばれた。

何か用事だろうか？　と疑問に思いながら執務室に行くと、エヴァルドが申し訳なさそうな顔で出迎えてくれた。

どうしたのだろう？　とセレスティーヌは心配する。

「エヴァルド様、どうかしましたか？」

セレスティーヌが首を傾げる。

「すみません……。この前のシャルロット殿下からの手紙のことなんですが……」

エヴァルドが、言いづらそうにしている。セレスティーヌは、そういえばそんな手紙が来ていたのだったと思い出す。

「やっぱり断れませんでしたか？」

普通に考えたら、殿下からの招待状なのだし断れないのが一般的だ。

「いえ、シャルロット殿下からの招待は断れたのですが……。今度は、王太子様から招待されてしまいまして……。すみません、こっちは断れませんでした」

エヴァルドが、心底申し訳なさそうな顔をしている。

セレスティーヌは、驚く。え？　何でそこで王太子様が出てくるの？

「あの……なぜ、今度は王太子様が？」

セレスティーヌが、疑問を口にする。

「本当にすみません。実は、王太子様とは同じ年で昔からの幼馴染《なじみ》と言いますか、親しい間柄なんです。今回、シャルロット殿下の件は王太子様から断りを入れてもらいまして、その代わり私に会わせてくれないか？　と言われてしまいまして……」

セレスティーヌは、なるほどと頷く。だけど、なぜ？　と更なる疑問が湧く。私に会ったって、何もない気がするけれど……。

「それは、エヴァルド様も一緒にですか？」

セレスティーヌが訊ねた。

「もちろんです。私も一緒に行きます」

エヴァルドが、力強く頷いてくれる。エヴァルド様が一緒なら、別にいいかとセレスティーヌは思う。

今まで誰かを頼ることなんてなかったが、エヴァルドには不思議とお願いできる。優しい年下でもあるから、言いやすいのかもしれない。

「わかりました。エヴァルド様と一緒なら大丈夫です」

セレスティーヌは、笑顔で答えた。エヴァルドが一緒だと聞き、不思議と不安は感じなかった。


それから数日して、王太子からの招待で王宮に行く日になった。招待されてから、お茶会の日にちに間がなく、エヴァルドから聞かされた時はとても驚いた。

王族に挨拶に行くのに、何の情報も持たないで行くのは失礼だ。セレスティーヌは、王太子に招待されたと知って、急いでリディー王国の王太子がどんな人なのか調べた。

名前は、サイラス・クリフ・リディー。年齢は三二歳。結婚していて、お子様も三人いる。近々、代替わりなさるのではと噂されている。

現在のリディー王国の王には三人の子供がいて、今日会いに行くサイラス王太子が一番上で、下に弟と妹がいる。

弟は、既に結婚して公爵位を賜り一貴族として生活している。

妹がこの前会った、シャルロット・レイ・リディー。二八歳で独身。オーレリアにこの前ドレスショップで会ったことを話したら、色々と教えてくれた。

エヴァルドとの婚約を結ばなかったあの事件のせいで、シャルロット殿下の結婚相手がなかなか決まらなかった。

シャルロット殿下の婚約者は、エヴァルドでほぼ決定していたので、高位貴族の子息たちは既に婚約者が決まっていた。

候補が他にもいないわけではなかったが、エヴァルドの二の舞になりたがらなかった貴族たちは手を挙げなかった。そうなってくると、下位の貴族になってしまうがそれは王が許さなかった。

そんなこんなで、結局シャルロット殿下は婚約者が決まらずにずるずる来てしまったらしい。

そのことを誤魔化す為に、シャルロット殿下は女性の社会進出を国を挙げて推進した。女性が、結婚だけではなく色々な道を選べるようにという理由で。

だから、リディー王国は近隣諸国よりも女性の社会進出が進んだ。でも実際に、シャルロット殿下が自分で政策を実行している訳ではない。

シャルロット殿下の取巻きがいて、その方たちが実際に動いていて、彼女は王宮で自由気ままに何もせず生活している。

オーレリア曰《いわ》く、リディー王国の女性たちはシャルロット殿下に感謝の気持ちを持っているが、それと同時に哀れみの感情も向けていると教えてくれた。

末っ子で姫だった為、王が甘やかしプライドが高くて我儘《わがまま》な姫で有名なのだ。だから、未《いま》だにエヴァルドに上から目線で悪態をついている。

あの事件の発端は自分なのに、エヴァルドが悪いとさえ思っている。そんな妹に、サイラス王太子は手を焼いていた。

セレスティーヌは、公爵夫人だったので自国の王族について色々知っている。どこの王族も、同じようなものなのだなと思ってしまう。

それにしても、シャルロット殿下はあの感じでこの先どうするつもりなのだろう。

ずっと、王宮で好きに生活していくのかしら？　私が言うのも何だけど……。働くのが好きな訳ではないのなら、結婚して家庭を築いた方がいいのにと心配してしまう。

エヴァルド様だって、会う度にあれじゃいい気分しないだろうし……。

セレスティーヌは、準備を終えて玄関へと向かった。

今日は、この前エヴァルドに選んでもらったドレスを着ている。薄紫で上品なデザインのドレスだ。ドレスに合わせて靴も買いに行き、髪も今日はいつもと違ってお洒落な髪型にしてもらった。

今までとは違った自分の装いに、少しドキドキする。玄関に着くと、既にエヴァルドが待っていてくれた。

「エヴァルド様、お待たせしました」

セレスティーヌが声をかけると、エヴァルドが顔を上げてセレスティーヌを見た。エヴァルドが驚いた顔をしている。

「そのドレス……。着てくれたんですね」

エヴァルドが、ちょっと驚いた顔をした後に嬉しそうに笑顔を零した。最近のエヴァルドは、よく笑ってくれる。

陰のある微笑ではなく、温かさが溢《あふ》れる笑顔で。だからセレスティーヌは、その笑顔を見るだけで嬉しくなる。

「はい。いつもと違う感じに自分でも驚いているんですが……。似合っていますか？」

セレスティーヌが、クルンとドレスをはためかせ回ってみせた。こんなことをする自分が子供みたいでおかしいが、エヴァルドが喜んでくれるからいいかなと思ってしまう。

エヴァルドが、そんなセレスティーヌを見つめ頬を赤くさせる。

「いつものセレスティーヌも素敵ですが、今日は一段と綺麗です」

エヴァルドは、冗談とかではなく真剣に褒めるから、セレスティーヌはいつも照れてしまう。

「ありがとうございます」

セレスティーヌも、ちょっと頬を赤くしてお礼を言った。

「では、行きましょう」

エヴァルドが手を差し伸べてくれたので、セレスティーヌも自然とその手を取る。この動作もすっかりお馴染みだ。

玄関の扉を執事が開けてくれて外に出た。今日はあいにくの天気で、雨が降っている。

エヴァルドが、セレスティーヌが濡《ぬ》れないように傘をさしてくれた。

空を見上げると、灰色の雲が空一面を覆っていて昼だというのに薄暗い。地面には、水たまりがあちこちにできている。雨粒が水たまりにぶつかり、丸い円ができては消えるを繰り返す。

こんな日に外出なんてしたくないけれど、隣を歩くのがエヴァルドだと思うと何だか嬉しい。

セレスティーヌは、最近の自分の感情に戸惑いを覚えていた。

エヴァルドの笑顔を見るのが嬉しい。一緒に出かけることが嬉しい。一日でも会わないと、今日は会えなくてつまらなかったと感じる。

この気持ちが、何なのかわからない。

一緒に暮らしている時間が長くなってしまって、弟みたいに思ってしまっているのかしら？　エヴァルド様を見ていると、可愛いなって思うことが多い……。男の人に可愛いは失礼だと思うから、本人には言わないけれど。

馬車に乗り込んだセレスティーヌは、雨の降る窓の外を見ながら考えていた。ずっとそんな外の風景を見ていると、真っ青な晴れの空が恋しくなる。

向かいに座るエヴァルドを見ると、同じように窓の外を見ていた。

「雨って嫌ですね」

セレスティーヌが話しかける。

「そうですか？　私は、結構雨好きなんですよ。雨の音とか、農民は仕事が休みになるし、作物に水がやれるし喜んでいるかなとか」

セレスティーヌの心の中が、ぶわっと温かいもので満たされる。

「エヴァルド様らしいですね」

セレスティーヌから笑顔が零れる。本来なら良くない印象の雨でも、エヴァルドの優しい考えだと誰かの為になる。

やっぱり、エヴァルド様って素敵だな。セレスティーヌは、きっと自分では気づいていないだろう感情をのせてエヴァルドに視線を送る。

「そうですか？　でもセレスティーヌは、晴れが好きみたいなので今度晴れた休みの日にどこかに行きましょう」

エヴァルドの提案が嬉しくて、セレスティーヌは頷いた。


王宮に着くと、馬車を停《と》める場所にはきちんと屋根が付いていた。濡れることなく、王宮の中に入ることができた。

馬車の中から見たリディー王国の王宮は、王都よりも高い場所で緑に囲まれていた。灰色のレンガでできた、とても立派な佇《たたず》まいで圧倒される。

王宮内に足を踏み入れると、豪華絢爛《けんらん》という訳ではなくシンプルで無駄のない造り。自国の王宮といえば、目に優しくないゴテゴテとした印象だったが、リディー王国の王宮はとても好感が持てた。

エヴァルドは、王宮に仕事で来ることが多いので迷うことなく進んでいく。彼は、グラフトン公爵家の当主でありサイラス王太子の相談役だ。

本当はサイラス王太子の右腕として、王宮で働いてほしいと言われたのだが、自分にはそこまでの技量はないと断ったのだそう。

どうしても諦められなかったサイラス王太子が、週に二日ほど仕事を手伝ってもらう相談役という役職で落ち着いた。

その為王宮で何か問題が起こると、エヴァルドが呼び出され忙しくなってしまう。

アルバート様曰く、セレスティーヌが滞在するようになってからは、最低限しか王宮に行かなくなったと喜んでいた。

エヴァルドにエスコートされながら王宮の廊下を歩いていたが、大きな扉の前で歩みを止めた。

「セレスティーヌ、ここがサイラス王太子様がいつも使う応接室だよ」

エヴァルドが、セレスティーヌの顔を見ながら教えてくれた。真っ白くて大きな扉は、何だか無機質に感じられた。

「はい。失礼のないように気をつけます」

セレスティーヌが言葉を返すと、エヴァルドが優しく大丈夫だよと囁《ささや》いてくれた。

エヴァルドは、いつもここぞという時に強い。女性に対して奥手で、恥ずかしがりやなはずなのに、こんな時は格好いいと思ってしまう。

セレスティーヌは、胸のときめきを抑えるのに必死だった。

コンコンとエヴァルドが、扉を叩く。

「入ってくれ」

思ったより、柔らかい声が聞こえた。

扉を開けて中に入ると、セレスティーヌは頭を下げる。エヴァルドが、すぐに紹介してくれた。

「サイラス王太子様、こちらがインファート王国からやってきた、セレスティーヌ・フォスター子爵令嬢です」

「ああ、頭を上げてください。エヴァルドも、今日はプライベートだからいつものように呼んで」

サイラスが、セレスティーヌとエヴァルドに声をかける。

「インファート王国から参りました、セレスティーヌ・フォスターと申します。お会いできて光栄です。よろしくお願いいたします」

セレスティーヌが、淑女の礼をし頭を上げた。

サイラスは、セレスティーヌが思っていたよりもずっと優しそうな男性だった。

黒い髪色で髪は短く、柔らかい雰囲気を醸す目元が印象的だ。真面目そうで爽やかな男性だった。良い意味で王族らしくない。

人を見下したような態度を全く感じない。どちらかというと、エヴァルドと似た雰囲気の方だった。

「突然、呼んでしまって申し訳なかったね。最近エヴァルドが、楽しそうだからその原因を知りたくてね」

サイラスがセレスティーヌに話しかけ、二人にソファーに座るように勧める。

「サイラス、余計なことを言わないでください」

エヴァルドが、今までとは違って少し砕けた口調で話す。

「はは、ごめんごめん。でも、今日だっていつもよりも嬉しそうだよ」

サイラスが、笑っている。

セレスティーヌは、二人の会話を聞きながら何のことだろうと思う。エヴァルドの隣に一緒に腰かけながら、キョトンとしてしまう。

「セレスティーヌが困っているから、揶揄うのはやめてください」

エヴァルドが、サイラスに注意する。

皆がソファーに腰かけると、控えていた執事がお茶とお菓子の準備をしてくれた。

栗を使ったケーキとクッキーが出され、セレスティーヌは折角だから頂こうとケーキを口にする。

今が旬の栗は、とても甘くて美味しい。ストレートで飲む紅茶は、ケーキの甘さに丁度いい。

セレスティーヌは、王太子の前だというのにケーキに夢中になってしまう。

「セレスティーヌ嬢は、私が言うのも何だけど私の前でもとても自然体だね。王族とも、今まで接点があったりしたのかな？」

サイラスが、王族にも臆さないセレスティーヌを面白がっている。

「すみません……。インファート王国では、色々ありまして王族の方ともそれなりにお付き合いがあったといいますか……」

セレスティーヌは、何と言っていいかわからない。

よく元旦那の代わりに、公爵家の仕事で王宮に出向くことがあったのでそこまで王族に対して緊張することはない。寧《むし》ろ、他国の王族で自分とは接点のない方だから余計にそう思う。

仕事で王族に会っていた時と違って責任感がない。しかも今回は、一人ではなくエヴァルドも一緒なので心強く自然体でいられた。

元旦那の話をすると、離縁したことまで話さなければいけなくて、何て説明しよう？と戸惑う。

「セレスティーヌは、慣れているだけだよ」

エヴァルドが、助け船を出してくれた。

「そうか、ではそういうことにしておこうか」

サイラスは、何かを察してくれたのかそれ以上聞いてくることはなかった。その後も、当たり障りのない話が続いた。

セレスティーヌは、なぜ自分が呼ばれたのかよくわからなかった。王太子が、名もない子爵家の娘と会いたいだなんて、絶対に何かあると思っていたのだが……。

――そこに、トントンと扉を叩く音が聞こえる。

会話が途切れ、静まり返る。

「秘書のダスティンです。入ってもよろしいでしょうか?」

サイラスが入れと返答した。

扉が開き、サイラスと同じくらいの年の男性が応接室に入ってきた。

セレスティーヌとエヴァルドに会釈をすると、サイラスの方に真っすぐに歩いていく。

ダスティンが、サイラスに何か耳打ちしている。

それを聞いたサイラスが、頷いていた。

サイラスがエヴァルドの方を向き、言葉を発した。

「エヴァルド、悪いが執務室に行ってきてくれないか? エヴァルドじゃないとわからないことらしい」

エヴァルドは、セレスティーヌの方を見て心配そうな顔をしている。

「ですが、今日は私一人ではないので……。明日では駄目なのですか?」

セレスティーヌは、エヴァルドが自分に気を遣って言ってくれていることが申し訳なくて声を上げた。

「エヴァルド様、私は大丈夫です。秘書の方が困ってらっしゃるようですし、行ってきてください」

「ほら、セレスティーヌ嬢もこう言っているし。私と二人きりという訳ではなく、ちゃんと執事もいるし私だって失礼なことはしないよ」

サイラスが、エヴァルドに言い聞かせる。

エヴァルドは、渋々ソファーから立ち上がり秘書と一緒に扉に向かう。出ていく前に、セレスティーヌの方を向いた。

「セレスティーヌ、すぐに戻ってきますので。何かあれば後で遠慮なく言ってください」

セレスティーヌは、笑顔を零す。

「大丈夫です。いってらっしゃいませ」

エヴァルドは、頷くと今度はサイラスに顔を向ける。

「サイラス、わかっていると思いますが。余計なことは言わないように」

サイラスは、わかっているというように小刻みに頷き早く行ってこいと追い出した。サイラスとセレスティーヌが二人きりになると、彼の雰囲気が一変した。

先ほどまでの柔らかかった印象が影を潜め、目に鋭さが増す。セレスティーヌを強い眼差しで見ている。

「さて、やっとエヴァルドが出ていって二人きりになれましたね」

サイラスが、紅茶に口を付けた。

セレスティーヌは、あまりの変わりように驚くが妙に納得してしまった。今日の目的は、これからなのだと。

やはり、王太子という肩書を有するだけあって、優しそうな良い人で終わる訳がなかった。

「サイラス王太子様、私に何かお聞きになりたいことがあるようですね？」

セレスティーヌは、姿勢を正してサイラスを真正面から見つめた。

「話が早くて助かるよ。あまり時間もないから、単刀直入に聞くけど……。セレスティーヌ嬢は、何の為にエヴァルドに近づいたのかな？」

セレスティーヌは、思ってもないことを聞かれ驚く。

同時に王太子は、自分のことを公爵家の当主に取り入ろうとしている女だと見ていたことに気づく。

複雑な心境だが、仕方がないとも思う。

「エヴァルド様に出会ったのは本当に偶然です。ずるずるグラフトン家にお世話になってしまったのは、申し訳ないと思っています」

セレスティーヌは、早く家を見つけて出ていこうと思っていたのだが、アルバートやエヴァルドが安心できる屋敷が見つかるまでは駄目ですと一点張りだった。

だからそのまま居座ってしまった。

「では、特にエヴァルドに対して、疚《やま》しい気持ちはないとはっきり言えるんだね？」

サイラスが、重ねて訊ねる。

「もちろんです。グラフトン公爵家をどうにかしようなんて思っていません」

セレスティーヌが、澄んだ瞳で真摯に訴える。

サイラスが、ジッとセレスティーヌの目を見つめた。セレスティーヌも、目を逸らすことなくサイラスに向き合った。

「そうか……。すまなかったね。エヴァルドが、最近やたらと明るくなったからどうしたのかと思って調べたら、女性の影がちらついていて……。今まで女性に縁がなかった奴《やつ》だから、もしかしたら騙《だま》されていないか心配だったんだ。貴方のことも申し訳ないが調べさせてもらったら、少し特殊な環境だったから実際に会って話した方が早いと思ってね」

サイラスが、固く張り詰めさせた雰囲気を一気に解く。

元の柔らかな空気に戻り、執事が冷たくなってしまったお茶の替えを用意してくれた。

「そうですか。ご心配をおかけして申し訳ありませんでした。調べていただいた通り、私は結婚には懲り懲りしていますので、その点については大丈夫です。金銭的にも全く困っていませんので、安心してください」

セレスティーヌはきっぱりと言い切る。セレスティーヌ自体、エヴァルドとどうかなるなんて全く考えていなかった。

セレスティーヌは、誰にも打ち明けていない気持ちを抱えていた。その気持ちが変わらないうちは、誰かと再婚なんて無理だと思っている。

「そのようだね……。こんな心配していたとエヴァルドに知られたら、怒られるな……」

サイラスが、バツが悪そうに困ったなといった顔をしている。

お二人は、本当に仲がいいのだなと感心する。妹があんな感じだったので、セレスティーヌは少し心配していた。だけど、王太子はいたってまともな方だった。

「お二人は、仲がよろしいんですね」

セレスティーヌが、緊張を解いた柔らかい表情で訊ねる。

「そうだね。年が同じだから、早くから私の遊び相手として王宮に来ていたのだよ。妹のことは聞いたかな？」

サイラスが、セレスティーヌに聞き返す。

「はい……」

セレスティーヌが、小さく呟く。あの事件のことを、王太子はどう思っているのだろうか？

「私は、妹のことが許せなかったが、ただ甘やかす王に何も言えなかった。あんなにいい奴が、あんな馬鹿みたいな理由で女性に相手にされなくなってしまったことが、申し訳なくて辛《つら》いんだよ」

サイラスが、苦しそうにやるせない表情を浮かべる。

「サイラス王太子様、大丈夫です。エヴァルド様は、とても素敵な男性ですもの。きっと若くて可愛らしいお嫁さんが現れますよ」

セレスティーヌが、力強く言葉にする。

そうだといいなとサイラスが、ポツリと零した。

バタバタと誰かが走ってくる音がする。どうしたのだろう？　と思ったら応接室の扉がバタンと開いた。

そこには、息を切らしたエヴァルドが立っていた。

「サイラス……。セレスティーヌに何をしているんだ！」

エヴァルドが、珍しく大きな声を上げ表情が険しい。

「エヴァルド、何もしてないよ。二人でおしゃべりしていただけだよ」

サイラスが、落ち着き払って返答する。エヴァルドが、セレスティーヌの方に歩いてきて顔を窺う。

「本当に大丈夫でしたか?」

エヴァルドが、心配そうな顔をしてセレスティーヌに訊ねた。

「はい。大丈夫です。エヴァルド様ったら、走ってらしたんですか? 汗が零れています」

そう言って、セレスティーヌはハンカチを出してエヴァルドの汗を拭ってやる。

エヴァルドは、セレスティーヌの隣に腰かけたのだが、汗を拭うセレスティーヌの顔が近くて頬が赤くなっている。

サイラスが、コホンと咳払いをする。

「エヴァルド……。そういうのは、屋敷に帰ってからやってくれ」

言われた二人は、ハッとしてサイラスに向き直る。

「元はといえば、サイラスが騙すようなことをするから悪いんじゃないか!」

エヴァルドが、照れ隠しも入っているのか蒸し返して怒っている。

「少しだけ、セレスティーヌ嬢と二人で話がしたかっただけだよ。悪かったよ」

サイラスが、素直に謝っている。

それを横で聞いていたセレスティーヌは、びっくりした。王太子様が普通に謝っていて、本当にお二人は仲が良いのだと改めて感じる。

エヴァルドの方も、素直に謝られたのでこれ以上何も言えなくなっている。

「もうやめてくださいね。私たちは、そろそろ帰らせていただきます」

エヴァルドが立ち上がる。セレスティーヌも、もう今日の目的は達成したようだしいいだろうと一緒に立ち上がった。

「ああ、今日は来てくれてありがとうセレスティーヌ嬢。また会える日を、楽しみにしておくよ」

サイラスが、セレスティーヌを見ながら言った。

セレスティーヌは、首を傾げてしまう。また会える日って……。もう会うことなんてないでしょう？

何か他にも含むことがあるのかしら？　と思ったが深く考えるのはやめにした。どうせセレスティーヌが考えたって、王太子の考えなんてわかる訳ないのだから。

セレスティーヌは、サイラスに向かって一礼するとエヴァルドと一緒に応接室を出ていった。

王宮の廊下を二人で進んでいると、セレスティーヌは右足の踵《かかと》に違和感を覚える。足元を見るが、靴を脱いでみないとわからない。下ろしたての靴を履いてきたから、もしかしたら靴擦れになってしまったのかも……。

それでもエヴァルドが、セレスティーヌの歩幅に合わせていつもよりゆっくり歩いてくれるので何とか歩き続けられる。

馬車までは少しだから、何とか我慢して頑張ろう……。セレスティーヌは足のことに気を取られていたが、エヴァルドに声をかけられて顔を上げた。

「本当に大丈夫でしたか？　何か失礼なこととか、嫌なことを言われた訳ではないですか？」

エヴァルドは先ほどのサイラスとのことが気になったらしく、改めて確認された。

そんなエヴァルドの気遣いが嬉しくて、セレスティーヌは笑顔になる。

「はい。サイラス王太子様は、ただエヴァルド様のことが心配だっただけですよ」

セレスティーヌは、ふふふと笑って言った。

「すみません……。私がこんなだから、すぐ心配するんです」

エヴァルドが、何を聞かれたのか悟ったらしく面白くなさそうに呟く。

「だから私がしっかり宣言しときました！　エヴァルド様は、大丈夫です。とても素敵な男性だから、若くて可愛らしいお嫁さんがきっと現れますって!!」

セレスティーヌは、拳をぎゅっと握る。

エヴァルドが歩みを止めて、顔を真っ赤にして手で口を覆っている。意を決したように、エヴァルドが何かを言おうとした瞬間――。

「エヴァルドじゃないの。そちらの令嬢も、先日ぶりね」

セレスティーヌが声のした方を見ると、シャルロットだった。こんな所で会うなんて……。

普通、王太子と王女が使うエリアは離れているはずなのに……。この国は、そうじゃな

いた。

そう思いながらエヴァルドの顔を窺うと、エヴァルドもなぜここに？　という顔をしていのかしら？

「このエリアにシャルロット殿下がおられるなんて、珍しいですね」

エヴァルドが、シャルロットに問いかける。

「別に私がここにいたっていいじゃない。ねぇ、アーロン」

シャルロットが後ろに声をかける。どうやらシャルロットの後ろに男性がいたようで、一歩前に出てきた。

「そうですよ、シャルロット殿下がここにいても何の問題もないはずですが？」

出てきた男性は、目つきが悪く挑戦的な眼差《まなざ》しの男性だった。

「それより、私の誘いは断るくせに、兄の誘いには応じるなんて計算高い方なのね」

シャルロットが、セレスティーヌに嫌味を言う。

セレスティーヌは、これを言いたくて待ち構えていたのかもと訝《いぶか》しんでしまう。

「申し訳ありません。そんなつもりは全くないのですが……」

セレスティーヌが、大人な対応をする。

「お兄様に何を言われたか知らないけど、調子に乗らないことね」

シャルロットが、強い言葉で吐き捨てる。

「申し訳ありませんが、私たちは失礼します」

エヴァルドが、話を切りセレスティーヌを促してシャルロットの前から去ろうとする。

アーロンが、何かシャルロットに耳打ちしている。

エヴァルドとセレスティーヌの背中に向かって、扇子を片手にシャルロットが挑発的な物言いをした。

「エヴァルドったら、とうとう自分よりも年上の方に手を出すなんて……。相変わらず、気の毒ね」

一瞬、エヴァルドは足を止めたが何も言葉を発することなく二人の前を通り過ぎる。

セレスティーヌがエヴァルドの横顔を見ると、とても険しい顔をしていた。セレスティーヌは、自分のせいでエヴァルドに嫌な思いをさせてしまったと落ち込む。しかも、エヴァルドが速足になってしまったので、靴擦れしてしまった場所が痛くて歩き方に違和感が出てしまう。

「ちょっと、私の言葉を無視するなんてどういうことなの？」

シャルロットが、通り過ぎた二人の背に不機嫌な声を浴びせた。エヴァルドは、既にシャルロットのことは視界におらず彼女の言葉は聞いていなかった。それよりも横を歩くセレスティーヌの異変に気づく。

「セレスティーヌ、どうかしましたか？」

エヴァルドが、足を止めてセレスティーヌの顔を窺った。セレスティーヌは、ずっと自分の足元を見ていたのでエヴァルドがそれに気づく。

「あっ！　すみません、ちょっと失礼します」

エヴァルドが、かがんだと思ったらセレスティーヌの膝裏に手を添えてスッと横抱きに抱えた。

「エヴァルド様！」

セレスティーヌは、驚いてエヴァルドの名を呼ぶ。珍しく、自分でもどうしていいのかわからない。

「セレスティーヌ、危ないので摑まってください」

エヴァルドは、平然とセレスティーヌの手を自分の肩に摑まらせた。セレスティーヌは、突然の横抱きに驚いて胸がドキドキして動揺が隠せない。

「ちょっと！　さっきから一体何なの？　私を無視して何をやっているのよ！」

シャルロットが耐えきれずに、大きな声を上げる。エヴァルドが、仕方なくセレスティーヌを抱えたままシャルロットの方を向いた。

「申し訳ありません。セレスティーヌが、ケガをしたので失礼いたします」

エヴァルドは、それだけ言うと足早にその場を後にする。セレスティーヌは、この状態が恥ずかしすぎてエヴァルドの肩に自分の顔を密着させて隠す。

だけど一瞬、遠ざかるシャルロットの顔が目に入った。持っていた扇子を握りしめ、セレスティーヌを睨《にら》みつけている。

後で、何もないといいけれど……。そう心配したが、すぐにそれも吹き飛んでしまう。

「セレスティーヌ、大丈夫ですか？　気づかなくてすみませんでした……」

エヴァルドの、とても申し訳なさそうでしょげた声だった。セレスティーヌの顔のすぐ横で、エヴァルドの声が聞こえる。いつも聞く、落ち着いて温かい声だ。

セレスティーヌの胸に、ドキンッと一際大きな衝撃が走る。きっと顔も赤くてとてもじゃないが、顔を上げられない。

「大丈夫です。私の方こそ、こんな……。ごめんなさい……」

セレスティーヌは、恥ずかしくて消え入りそうな声で呟く。いつものエヴァルドは、女性に対して臆病で自信がない。それなのに、ここぞという時には、それを軽々と越えて頼れる素敵な男性になる。

セレスティーヌは、エヴァルドに好意を抱いてしまいそうになる。この胸のドキドキはただ驚いているだけだから。エヴァルド様に、ドキドキしている訳じゃないから。

絶対にそんなふうに、エヴァルド様のことを見たら駄目なんだから。セレスティーヌは、何度も何度も心の中で呟く。

二人は、その後無言のまま王宮の廊下を歩き馬車乗り場へと急いだ。

馬車乗り場まで来ると、御者が扉を開けてくれてエヴァルドがゆっくりとセレスティーヌを下ろす。

セレスティーヌは、動悸《どうき》のする心を落ち着かせて何とかエヴァルドの顔を見た。

「エヴァルド様、ありがとうございました」

セレスティーヌがお礼を言うと、エヴァルドはとても心配そうな顔をしていた。

「帰ったらすぐに手当てしてもらいましょう」

エヴァルドの方が何だか落ち込んでしまっている。

「エヴァルド様ったら、大袈裟《おおげさ》ですよ。下ろしたての靴が、足に合っていなかったみたいです。これくらい大丈夫ですよ」

セレスティーヌは、エヴァルドに笑顔を向ける。それでもエヴァルドの顔は曇ったままだ。

「エヴァルド様、それよりもわかってます？　きっと噂になってしまいますよ？　その方が申し訳ないです……。シャルロット殿下にも言われてしまいましたし……」

今度はセレスティーヌが、申し訳なく感じる番だった。エヴァルドは、最初は何を言われているのかわからなかったのかキョトンとした顔をしていた。

思い当たることがあったのか、突然顔を赤くして手で顔を覆い俯いてしまった。

「すみません！　緊急事態だったとはいえ、僕は何てことを……」

エヴァルドが、頭を抱えてしまった。

「ふふふふふ。もう、エヴァルド様ったら今更照れているんですか？　私の方がびっくりしたんですからね！」

頭を抱えているエヴァルドを見たら、セレスティーヌはおかしくなってしまった。さっきはあんなに颯爽《さっそう》と抱きかかえられたのに。今のエヴァルドと別人みたいで笑ってしまう。

「すみません……」

エヴァルドも、自分に呆れているようで苦笑いを浮かべている。

「それよりも、シャルロット殿下のこと大丈夫でしょうか？　あんなふうに立ち去ってしまって。私と一緒にいたばっかりに、嫌味を言われてしまって申し訳ないです」

セレスティーヌは、何も言い返せなかったことや自分の年齢のことを言われ落ち込む。

「違います。謝るのはこちらの方です。何も言い返すこともせず、ただ立ち去るだけで不甲斐なくてすみません」

エヴァルドが、セレスティーヌに頭を下げる。

「何を仰ってるんですか。あそこで言い返した方が、面倒になるのはわかっています。あいう方には、言い返す方が喜ばせてしまうってことも」

セレスティーヌは、向かいに腰かけていたのをさっとエヴァルドの隣に腰かけ直す。頭を上げてくださいと微笑む。

エヴァルドは、険しい顔をしていたが一瞬で表情が緩んだ。セレスティーヌに、至近距離で微笑まれて照れてしまう。

エヴァルドは、セレスティーヌに慣れてきたといってもまだまだ緊張が伴う。さっきはあんなことをしておいて、セレスティーヌから距離を縮められると不快感を与えてはいないかと不安になってしまう。

それでも、セレスティーヌがエヴァルドに微笑んでくれるから、この笑顔を失いたくないと心に小さな灯がともる。

「今までは、自分のことは何を言われても良かったのですが……。少し、考え直さないと駄目ですね」

エヴァルドが、何かを考えるように頭を巡らせている。自分を責めるようなことを言って落ち込んでいたが、持ち直したようで安心する。

「相手が私では意味がなさそうですが……。それでもシャルロット殿下、とても悔しそうな顔をしていましたよ。シャルロット殿下には、このままでは駄目だとわかってもらえるといいですね」

セレスティーヌは安心した。いつまでも、エヴァルドがシャルロットのなすがままでいてほしくなかったから。

きっとエヴァルド様なら大丈夫。そう心の中で呟いた。

その頃の王宮では、シャルロットとアーロンが何やら顔を突き合わせて話をしていた。

シャルロットは、エヴァルドが自分よりも先に幸せになるのが許せない。

アーロンは、エヴァルドと同じ年で侯爵家の嫡男としていつもエヴァルドと比べられて育った。

自分こそが王太子の右腕として相応しいと思っていたのに、選ばれることはなかった。

いつも自分の前にいるエヴァルドが、気に食わなくてしょうがなかった。

アーロンは、エヴァルドを陥れようと思った時にシャルロットは使えると考えた。だから、自ら進んで馬鹿な姫のおもりを引き受けた。

女性の社会進出も、適当にこじつけてアーロンがシャルロットに言わせたことだ。実際の企画、進行はアーロンが行っており王からも評価されている。

まさか、馬鹿な姫のおもりをするだけで王から評価されるなんて思っていなかった。目立つ姫の陰に隠れて、エヴァルドの社交界での地位の向上をずっと握り潰してきた。

エヴァルドを排除するのも、あと一押しだとアーロンはほくそ笑んだ。

第七章 子供たちの襲撃

それから半年の月日が経った。季節は、冬を過ぎて春になろうとしている。

セレスティーヌは、相変わらずグラフトン家にお世話になっていた。このままでは駄目だとわかっているのだが、今の生活にすっかり馴染んでしまった。

アルバートやエヴァルドが良くしてくれて、ついつい甘えてしまっている。

二人とも、物件を探しているがいい物件が出ないのだと言い張る。女性の一人暮らしになるのだから、安心で安全な場所で大きすぎない屋敷がいいのだと言う。そういった物件は貴重で、なかなか出るものではないと説明する。我々はこの広い屋敷に二人で暮らしているのだから、何も気にしなくて大丈夫だと。

セレスティーヌは、お世話になりっぱなしで申し訳ないのだが……。居心地の良さに負けて、ずるずる来てしまった。

エヴァルドとアルバートの二人は、家族のようにセレスティーヌを扱ってくれる。エヴァルドとの話し相手という約束は、今ではもう当たり前になっていて日常だった。

休みの日に二人で出かけたり、夜の観劇に行ったりしている。エヴァルドのエスコートは、最初のうちはぎこちなさを感じていたが今では自然体になりつつある。

これなら、もうセレスティーヌではなくても大丈夫ではないかと思っている。

今度、アルバートにそろそろ良さそうな令嬢と話す機会を、エヴァルド様に作ってください と言うつもりだ。

シャルロット殿下には、あれから会うこともなく拍子抜けするほど平和な毎日だった。

王宮から立ち去る時に見た、シャルロット殿下の悔しそうな顔が目に焼き付いていて、何か嫌がらせを受けるのではと警戒していた。

しかし、セレスティーヌが特にリディー王国の社交界と関わっていない為、接触を図る機会がなかったからか特に嫌がらせを受けることもなかった。

ただ、王宮に行った後にオーレリアから聞いたのだが……。グラフトン公爵が、女性を横抱きに抱えて王宮内を歩いていたと社交界で噂になっていたらしい。

その女性は一体誰なのか？　ついにグラフトン公爵に結婚相手が決まったのか？　と貴族たちに、話のネタにされていたのだとか。

何だかんだ言って、年頃の娘を抱える家では、公爵夫人の座が誰になるのか注目されている。

オーレリアには、意味深にその女性って誰なのかしらね？　と微笑まれた。わかっていてわざと聞いてくるあたりオーレリアらしい。

セレスティーヌは、この年になって男性に横抱きにされて王宮内を歩いただなんて説明するのが恥ずかしかった。だから知らないふりをして誤魔化す。

オーレリアは、ふふふと意地悪な笑みを浮かべるだけでそれ以上は追及してこなかった。

この半年の間に、オーレリアとは今まで会わなかったのが嘘のように顔を合わせている。まるで、学園時代に戻ったかのようだった。

それというのも、マーガレットの家庭教師の後にお互い予定がなければ、オーレリアとお茶をするのが当たり前になっていたからだ。

マーガレットの家庭教師は、問題が起こることもなく順調に進んでいる。オーレリアとは、授業のことを話したり、リディー王国の社交界について話したり話題が尽きない。

また、オーレリア曰く、マーガレットの所作が見違えるほど綺麗になっているから、家庭教師を紹介してほしいと多くの人に言われるらしい。

今のところ、これ以上生徒を増やすつもりはないのでセレスティーヌは断ってもらっている。

まだまだ手探りでマーガレットに授業を行っていて、複数人の生徒を受け持つなんて考えられなかった。

でも、家庭教師という職業が思いの外自分に合っている気がしてとても楽しい。娘二人を育てた経験もあるし、他人の子だと思うと客観的に見ることができ一歩引いた立ち位置で付き合うことができる。その関係性が心地良い。

それに何より、何かを教えることは自分も一緒に学ぶことに繋がる。学ぶことが好きだった昔の自分を思い出して、本来のセレスティーヌに戻っている気がした。

マーガレットとセレスティーヌの相性も良い。マーガレットは明るく前向きな夫婦二人の子だけあって、花が咲いたような明るさと快活さを兼ね備えている。やる気のある生徒を教えるのは、教師としてもやり甲斐がある。

セレスティーヌは、こんな毎日がずっと続けばいいと最近は思うようになっていた。そんなある日、セレスティーヌの元に突然の依頼が舞い込む。

オーレリアが招待された侯爵家のお茶会で、子供たちの見守りをする女性が急遽《きゅうきょ》、体調不良で参加できなくなってしまったのだ。

代わりに子供たちの相手ができる方を紹介してほしいと、オーレリアに侯爵夫人から相談を持ちかけられた。

オーレリアから、マーガレットの家庭教師として評判のいいセレスティーヌならきっと参加する夫人たちも安心してくれる、だからお願いと頼み込まれてしまった。

セレスティーヌは、突然のことでどうするか迷っていた。リディー王国では、できることなら目立つことはせずに生活していきたかったから。

しかし、お世話になっているオーレリアの頼みを無下にはできず最終的には承諾した。

お茶会前に、オーレリアを介して侯爵夫人には挨拶をさせてもらった。侯爵夫人は、とても品のある穏やかな女性だった。

侯爵夫人は、オーレリアからの紹介ならば大丈夫だと安心していた。だけど、思っていた以上に素敵な方で驚いたと褒められる。

隣国の子爵家の娘にすぎない自分を高く評価してもらい、セレスティーヌは嬉しかった。オーレリアの評判の為にも、当日は失敗することなく頑張ろうと思えた。

お茶会当日は、一〇名ほどの夫人たちの小規模なお茶会だった。マーガレットと同じくらいの子供たちが六人いた。

セレスティーヌの役目は、夫人たちが女性のお茶会という社交を行っている最中に、退屈な時間を持て余す六人の子供の相手をすることだ。男の子が三人と女の子が三人。

男の子たちは、じっとしていられないようで外に行きたいと騒ぎ出す。そんな男の子たちを、女の子たちは遠目から冷めた目で見ていた。

セレスティーヌは、男の子と女の子の違いに懐かしさが込み上げる。自分の子供たちの幼少時代も同じようなものだった。

セレスティーヌは、六人全員を集めてルールを説明した。

「わかりました、ではこれから庭園に行きます。いくつかお約束をしてもらいます。守れる人だけ外に行けます。お約束守れますか？」

セレスティーヌは、六人の子供たちに訊ねる。

「僕、守れる」と一人の男の子が言うと、残りの五人も首を揃《そろ》えて守れると言う。マーガレットとも目が合って「大丈夫です」と大きく頷いていた。

「では、お約束です。私の言うことはきちんと聞くこと。池の水に触らないこと。勝手にお花を折らないこと。私から見えない所には行かないこと。約束できますか？」

セレスティーヌは、六人全員の目を見て言った。六人とも全員、頷いて約束してくれる。それならばと、セレスティーヌは一冊の本を持ってみんなと一緒に庭園に向かった。

侯爵家の庭はとても広く、背の高い生け垣があり気をつけなければ子供たちを見失ってしまいそうだ。子供たち全員に目を配りながら、侯爵家の使用人に子供たちが遊べる空間に連れていってもらった。

春にはちょっとまだ早い、肌寒い季節。緑の芝生が目に優しい広場に到着した。使用人に、ここなら好きに遊んで大丈夫ですと言われる。

男の子たちは、嬉しそうに広場に駆けていった。女の子たちを見ると、三人で固まってシロツメ草を集めている。

セレスティーヌは、男の子たちの方を重点的に気にかけていた。男の子たちは、着ている服が汚れることを気にしないで遊んでいる。

後で怒られないかとひやひやしながら見守っていたが、そんな気も知らない子供たちはかなり長い時間芝生の上で遊び回った。一人の子が、疲れたのか芝生にごろんと横になった。

セレスティーヌは、そろそろいいかなと男の子たちを呼んで自分の元に集合させた。

「では、ちょっと休憩です。私が本を読みます」

セレスティーヌが、子供たちに向かって話をする。するとマーガレットが聞いてきた。

「先生、何の本を読んでくれるの？」

マーガレットが、先生と呼んだのでみんなが興味を示す。

「この人って、マーガレットの先生なのかよ?」

一番年上の男の子が、口を開く。

「そうよ。セレスティーヌ先生っていうの」

マーガレットが、誇らしげに返答する。

「俺、読み聞かせってつまんないから嫌いなんだよ」

マーガレットに突っかかっていた男の子が、ちょっと悪ぶって生意気なことを言う。

「では、私の代わりに君が読んでください。そしたらつまらなくないわ。それとも難しくて読めないかしら?」

セレスティーヌが、わざと挑発した言い方をする。男の子は、「そんな訳ないだろ!」と強く反論した。

では、よろしくとばかりにセレスティーヌは一冊の本を手渡す。子供用の絵本だった。一ページの文章が多くないので、マーガレットと同じくらいの年なら読めるはずだ。

子供五人とセレスティーヌは、男の子の前に座って話が始まるのを待つ。男の子は、ちょっと緊張しているのか本を開いた後に小さく深呼吸をしていた。

「春の花が咲いている。花の周りに妖精が遊んでいて、人間の子供たちにいたずらをしようとしていた……」

男の子は、つっかえることもなくゆっくりと読み始めた。セレスティーヌは、こんなに上手に読むと思わなかったので感心した。

半分くらい読んだところだっただろうか、使用人がおやつの時間ですと呼びに来てくれた。男の子が、本から顔を上げてセレスティーヌの方を見る。

「凄く上手だったわ。続きは、おやつを食べてからにしましょう」

セレスティーヌがそう言うと、男の子はちょっとホッとしたような顔をする。こんな大勢に囲まれて本を読むなんてきっと初めてだったはず。

緊張したし、疲れたのだろうとセレスティーヌは思った。

「ありがとう」

セレスティーヌは、男の子の元に行って本を回収する。読んでくれたページに、一緒に持ってきていたブックマークを挟む。

このブックマークは、エヴァルドにプレゼントしてもらったものだった。本を読む時は、いつも傍らに置いて大切に使わせてもらっている。

ブックマークを見た女の子の一人が、興味を持った。

「先生、それなーに？　とっても可愛い」

女の子は、マーガレットの真似《まね》をしてセレスティーヌのことを先生と呼んだ。マーガレット以外に先生と言われて、何だかちょっと違和感があるが嬉しさもある。

「これはね、本を途中まで読んだ時に印として挟む、ブックマークっていうものなの」

セレスティーヌは、ブックマークを本から抜き取って子供たちに見せてあげた。女の子たちだけではなく、男の子たちも興味を示したみたいだった。

「僕もこれ欲しい。マーク様みたいに本読めるようになりたい」

一人の男の子がそう言うと、言われた男の子はまんざらでもないようでちょっと誇らしそうだ。

「先生、私も欲しい」

女の子たちも、口々に欲しいと言う。困ったなとセレスティーヌは眉を寄せる。これはあげられるものではないし……。本を読むことは良いことだし、両親に相談してもらうのがいいかしら？

「では、お部屋に戻ってお母様に相談してみるのはどうかしら？　本を読みたいからブックマークと絵本を買ってほしいって。でも、ちゃんと本を読む練習はしなくちゃ駄目なのよ？」

セレスティーヌは、子供たちにしっかりと話をする。ただ欲しいだけでは駄目なのだと。ブックマークとして使う為に購入してほしいのだと。

どの子もきちんと理解したようで、頷いている。年相応の子供らしさはあるが、やはりそれなりの地位の令息令嬢だけあってきちんとしている。

もっと、言うことが聞けないようなやんちゃな子がいたらどうしようかと心配していた。だけど、そんな心配は必要なかった。

みんなを引き連れて、来た時と同じように背の高い生け垣を通る。すると、さっき本を読んでくれた男の子がセレスティーヌの隣にやってきた。

「なあ、俺、先生みたいな人初めてだ。ダメって言わないし、怒らないし。今日もつまらないお茶会なんて嫌だと思ってたけど楽しかった」

男の子は、セレスティーヌの顔を仰ぎ見てにこっと笑顔を浮かべた。セレスティーヌは、さっきまでちょっと生意気でとんがっていた男の子だったのに、何て可愛いのかしら！と感激する。

「それは良かったわ」

セレスティーヌも、男の子ににっこり笑顔で微笑んだ。

室内に戻ってくると、母親たちも子供たちを待っていてくれた。子供たちは、口々に楽しかったと母親たちに報告した。そして、さっきのブックマークのことをお願いしている。

母親たちは、何のことだかわからなかったらしくセレスティーヌに説明を求める。セレスティーヌは、エヴァルドにもらったブックマークを母親たちにも見せて説明をした。

ブックマークを見た母親たちも、とても素敵だと子供たちよりも食いついている。侯爵夫人やオーレリアは、セレスティーヌの仕事ぶりを見て嬉しそうに顔をほころばせた。

そこにノックの音が聞こえ、侯爵家の執事が複雑そうな表情をして現れる。侯爵夫人に何やら耳打ちしていた。

執事から話を聞いた侯爵夫人は顔色を変える。セレスティーヌは、何かあったのかしら？と思わなくはなかったがそこまで気にはならなかった。

侯爵夫人が、自分の手をパチパチと叩いて招待客の意識を自分に向けさせた。

「皆様、お楽しみのところ申し訳ありません。急遽、お客様が一人増えることになりました。お迎えいたしますので、少々お待ちください」

そう言って、侯爵夫人は慌ただしく部屋を出ていった。招待客たちは、一体誰が来たのだろうと首を傾げる。

そもそもお茶会自体は、そろそろお開きという時間帯だった。最後に、子供たちにおやつを食べさせてそろそろ解散だろうと思っていた。

暫くすると、ノックの音と共に扉が開き侯爵夫人が戻ってきた。彼女の後から姿を現したのは、シャルロット殿下だった。

招待客は、表情に出すことはなかったが驚いていたはずだ。セレスティーヌも、シャルロット殿下の顔を見てなぜ？　と疑問符でいっぱいだった。

「皆様、ごきげんよう。侯爵夫人宅でお茶会が開催されているって小耳に挟んだものだから、久しぶりに皆様の顔が見たくて来てしまったの」

シャルロット殿下は、皆の顔を見て大袈裟なほど嬉しそうに微笑んでいる。一体誰に聞いたのか……。

招待されてもいないお茶会に突然姿を現すだなんて、非常識すぎて皆唖然《あぜん》としていた。

母親たちの動揺をよそに、子供たちは先ほどと同じように無邪気なままだ。

「セレスティーヌ先生、お母様ブックマーク買ってくださるって！」

「おやつの時間なんだろ？　一緒に食べようぜ」

入口から離れていた子供たちは、新しく来たお客様が誰なのか見えていない。セレスティーヌを囲って、子供たちが嬉しそうにしゃべりかけてくる。

その様子にセレスティーヌは、まずいと思った。シャルロット殿下のような方は、子供であったとしても自分に興味を持たないとわかると機嫌を損なってしまう。子供たちにあたられて、ひどい物言いをされたら大変だ。

「わかったわ。では、みんなは私と一緒にあちらでおやつを食べましょう」

セレスティーヌは、部屋の奥に用意されていた子供たち用のテーブルに促す。子供たちは、喜んでテーブルの方に向かった。

セレスティーヌは、シャルロットの方を向き一言断りを入れた。

「では、子供たちにおやつを食べさせますので失礼いたします」

セレスティーヌが頭を下げて子供たちの方に向かおうとすると、シャルロットから声がかかる。

「あら、誰かと思ったらあのエヴァルドが友人だという女性じゃない？」

室内にいた、侯爵夫人や招待客たちが一斉にセレスティーヌを見た。

「皆様、ご存じではないの？　この方、エヴァルドのところに厄介になっているらしいわよ。一体どういう関係なのかしら？」

シャルロットが、意地悪そうな笑みを浮かべる。侯爵夫人は、複雑そうな表情でセレスティーヌを見ていた。

「シャルロット殿下、お久しぶりでございます。確かに、グラフトン家にお世話になっております」

セレスティーヌは、余計なことは言わずに事実だけを言った。

「ふーん。それより、こんな所で何をやっているのかと思ったら子供たちの世話なの？

エヴァルドったら、結局そんな女性にしか相手にされないのね。相変わらずかわいそうな人」

シャルロットが、ふふっと笑っている。誰から見てもエヴァルドを馬鹿にした笑いだった。

セレスティーヌは、今まで感じたことのない怒りの感情が体全体から湧き上がる。なぜ、こんな性格の悪さで王女なんて身分なのだろう。

自分を抑える為にも、両手の拳を強く握りしめた。ここで自分が何かを言って、トラブルを起こすのは誰の為にもならない。

「せんせー早くー」

子供たちが、セレスティーヌを呼んだ。部屋の奥にいるから、子供たちには大人が何を話しているのか聞こえていなかったようだ。

大人たちがいる空間は、真冬のように凍り付く寒さの中にいるかのよう。

「仕事中ですので、申し訳ありませんが失礼します」

セレスティーヌは、シャルロット殿下にもう一度頭を下げて子供たちの方に向かった。

「この国で、エヴァルドと一緒にいても幸せになんかなれないわよ？　さっさと自分の国に帰るのね」

シャルロットは、なおもセレスティーヌの背に向かって言葉を投げた。セレスティーヌは、聞こえていなかったふりをして足を止めなかった。

何も言い返せない悔しさが体を支配する。だけどここで言い返したら自分の負けだ。セレスティーヌは、精いっぱいの笑顔を向けて子供たちの元に向かった。

氷点下になった雰囲気を、シャルロットは無邪気に跳ね返す。その場にいた者たちと仕切り直し、自分を中心に席につく。

侯爵夫人を含めその場にいた夫人たちは、楽しかったはずの空気をぶち壊されて、その原因を作ったシャルロット殿下に嫌悪感を抱いていた。

皆は顔に笑顔を張り付けていたが、心の中ではこの時間が早く終わることを祈っていた。

セレスティーヌは、子供たちの元に戻ると天真爛漫な笑顔に救われた。自分を慕ってくれる子供たちと話していると、さっきのことなどすぐに忘れる。

そもそもセレスティーヌは、シャルロットのことに興味はなかった。彼女に自分がどう思われようが何とも思わない。この国の社交界に関わっていく気がないからだ。

エヴァルドに対するあの言われように怒りが湧くが、あの王女がああ言っていられるのもきっとあと少しだ。

だって、エヴァルドは少しずつ変わろうとしている。成長しないあの王女に、エヴァルドが素敵な男性になるのを止められるはずがない。

苦手だった女性を克服しようと頑張っているエヴァルドなら、すぐに新しい婚約者が見つかるはずだ。

そうなれば、シャルロット殿下がいつまでもエヴァルドに対して暴言を吐くことが許されるはずがない。

セレスティーヌは、誰にも文句を言わせないような方が早くエヴァルドの婚約者になってくれればいいのにと願う。だけど、それが一番良いことだってわかっているはずなのに、セレスティーヌの胸に鈍い痛みが走る。

シャルロットのことよりも、自分の胸の痛みに気を取られる。エヴァルドのことで、胸を痛める権利なんて自分にはないのだと言い聞かせる。

その後は、そう長い時間になることなくお茶会はお開きとなった。セレスティーヌは、子供たちにお別れを言いそのまま別室に下がったので、シャルロットとも顔を合わせることはなかった。

セレスティーヌは、招待客が帰った後に侯爵夫人に呼ばれ彼女に謝罪された。

「セレスティーヌ嬢、申し訳なかったわね。あの方の言ったことは、気にしないで。常識のある婦人たちは、あの方のことはいい加減呆れているのよ。暇を持て余しているから、今日みたいなことが結構あるの……。それにグラフトン公爵様って実は人気があるのよ。みんなあの方の手前、表立っては何も言わないけれどね……」

侯爵夫人は、残念そうに顔を曇らせている。シャルロット殿下に言いたいことは沢山あるのだが、貴族である以上身分が物を言いどうすることもできない。

それは、セレスティーヌも痛いほどよくわかっているし、今日のことは侯爵夫人が悪い訳ではない。

「いえ、大丈夫です。あの方のことは、何とも思わないので。それよりも、今日の私の役目はあれで大丈夫でしたでしょうか?」

セレスティーヌは、今日の仕事について訊ねる。招待客たちの反応がどうだったのか気になったからだ。

「皆さん、とても喜んでいたのよ。子供たちから本を読んでみたいだなんてなかなか言ってくれるものではないもの。それにあのブックマーク、本当に素敵。私も同じようなものを作ってもらおうかしら?」

侯爵夫人が、先ほどとは変わって明るい笑顔でしゃべり出す。それを聞いてセレスティーヌは、ホッとした。

シャルロット殿下に色々言われてしまったので、せっかく任せてもらえたのに悪い印象を持たれていたらどうしようかと不安だったのだ。

「良かったです。子供たちも楽しそうにしてくれて。とってもいい子たちで助かりました。あのブックマークは、グラフトン公爵様から頂いたものなんです。ぶら下がっている飾りは、自分で好きなようにカスタマイズできるそうですよ」

セレスティーヌもブックマークを褒められてとても嬉しい。

「あら、そうだったのね。それは、大切にしなくてはね」

侯爵夫人が、ふふふと面白そうに笑う。セレスティーヌは、何かおかしなこと言ったかしら？　と訝しがる。

でも侯爵夫人は、意味ありげに笑うだけで何も教えてくれない。その後は、また何かあったらお願いしたいと言われて侯爵家を後にした。

セレスティーヌは、帰りの馬車の中でどっと疲れを感じた。トラブルはあったけれど、子供たちに何かあった訳でなく無事に役目を終えられた。本当に良かったと、馬車の中で胸を撫《な》で下ろしていた。

疲れ切った体で、グラフトン家に戻ってくると何だか屋敷内がざわついていた。

どうしたのだろう？　と疑問に思いながらもいつもと同じように、玄関を通り自分の部屋に向かう途中だった。

反対側の廊下から、執事がセレスティーヌに向かって駆け寄ってくる。

「セレスティーヌ様！　セレスティーヌ様にお客様が来ております」

執事が、何やら焦ったようにセレスティーヌに告げる。セレスティーヌは、首を傾げる。この国に知り合いなんて、オーレリアくらいしかいないけど……。

今、オーレリアと別れて帰ってきたばかりだから彼女ってことはないわよね？　何でこんなに焦っているのかしら？

「誰がいらしてるのかしら？　私、知り合いなんていないのに……」

執事が息を整えて言葉を返す。

「それが、セレスティーヌ様のお子様たちなんです！」

「え⁉」

セレスティーヌは、驚きすぎて大きな声が出てしまう。

「本当なの？」

執事が、大きく首を縦に振っている。

「応接室にお通ししております」

執事にそう言われたセレスティーヌは、応接室の方向に歩き出す。

一体、どうしたのかしら？　何かあったの？　セレスティーヌは、不安や疑問が頭の中で駆け巡る。

さっきまで疲れ果ててしまっていたはずなのに、一気に気持ちが引き締まる。自然と歩みも速くなる。応接室の前に着くと、一旦止まって深呼吸をした。

子供たちに会うのは、約半年ぶりだ。何だか急に緊張してしまう。トントンとノックして扉を開けた。

目に飛び込んできたのは、半年ぶりに見る五人の子供たちだった。

扉を開けたセレスティーヌは、驚きで固まってしまう。なぜなら家を出てから八年ほど、顔を合わせていなかった三男のミカエルがいたからだ。

「ミカエル……」

セレスティーヌは、驚きのあまりポツリと声を零す。五人の子供たちは、扉が開いた瞬間に一斉にセレスティーヌの方を向いた。

子供たちも、久しぶりに見る母親の姿に驚いていた。いつも暗くて地味な色目の服装しかしていなかった母親が、明るくて上品なドレスを着ている。服装だけでなく、表情も雰囲気も何だか凄く明るくなっていたから。

「セレスティーヌ。会いたかったです」

ミカエルが、満面の笑みでセレスティーヌに話しかける。

久しぶりに対面したミカエルは、若い頃のエディーそのものだった。柔らかい赤毛の、人懐っこいふわふわした男性。久しぶりに会ったミカエルは、元旦那と同じように軽薄さが増していた。

「ミカエル……。母親を名前で呼ぶのはやめてって、何度も言ったわ……」

セレスティーヌは、昔何度も口にした言葉を久しぶりに呟いた。

「僕にとって、セレスティーヌは母親ではないんです。昔も何度も言いました。セレスティーヌが、離縁したと聞いて急いで会いに来たんです」

ミカエルが、目をキラキラさせている。座っていたソファーから立ち上がり、セレスティーヌの前まで歩いてきた。

セレスティーヌは、何が何だかさっぱり意味がわからない。他の子供たちの顔を見渡すと、どの子も困惑した表情をしていた。

ミカエルが、セレスティーヌの前に立ち手を取った。そして、セレスティーヌの手の甲にチュッとキスを落とす。

すっかり背が伸びて大人になったミカエルが、セレスティーヌを熱の籠もった瞳で見つめていた。

「セレスティーヌ、ずっと好きでした。僕と結婚してください」

セレスティーヌは、驚愕《きょうがく》の表情を浮かべる。この子は一体何を言っているのかしら？　自分で言っている意味を理解しているの？

「何を言っているの？　久しぶりに会ったと思ったら、ふざけるのもいい加減にして！」

セレスティーヌが、怒った声を上げる。

「ふざけてなんていません。僕の本当の気持ちです。セレスティーヌ、だから一人の女性として答えてください」

ミカエルが、セレスティーヌの手を掴んだまま言葉を述べた。セレスティーヌは、掴まれていた手を振りほどく。

「一人の女性として？　いいわよ。じゃあ、答えてあげる。絶対にお断りです」

セレスティーヌは、怒りの感情のまま語気荒く答える。冗談じゃない。本当の気持ちだとしても、受け入れられる訳がない。

ミカエルが家を出ていった八年の間、本当に悩んだし心配もした。噂で聞くミカエルは、年々元旦那のように女性にだらしなくなっていった。

一生懸命、他の子供たちと同じように愛情を注いで育ててきたはずなのに、一人だけおかしな方向に進んでしまった。

実の母親が良いと言われたらそれまでだから、仕方ないとずっと自分に言い聞かせてきた。でもずっと、生まれたばかりの赤ちゃんを寝不足になりながらもあやして、ミルクをあげて、世話をしてきたのはセレスティーヌだ。

母親は私なのだというままならない気持ちを抱えてきた。

「どうして？　僕はずっと、セレスティーヌしか愛してないのに」

ミカエルが、辛そうに悲しそうに表情を歪《ゆが》める。

「何言っているのよ！　社交界での噂を私が聞いてないとでも思うの？　父親と同じプレイボーイだって、あちらこちらで言われたわよ！」

セレスティーヌは、強い瞳でミカエルを見据える。

「だって、それは練習だから。セレスティーヌをうまく愛する練習なんだよ」

ミカエルは、それは誤解だと目を輝かせて述べる。

「アクセル！　レーヴィー！　何なの？　これは⁉」

セレスティーヌが、ミカエルでは話にならないと兄二人に話を振った。


アクセルとレーヴィーが、気まずそうな顔をしている。セレスティーヌが、はっきりしない子供たちに焦《じ》れもう一度叫ぶ。

「アクセル、一体どういうことなの‼」

――丁度そこに、エヴァルドが帰宅してきた。

「失礼するよ」

ノックをして入ってきたエヴァルドは、状況がわからずびっくりしている。

セレスティーヌは、エヴァルドの顔を見て頭に血が上っていたのが一気に落ち着く。人様の屋敷で、大きな声を上げてしまい恥ずかしさが込み上げる。

「エヴァルド様、お騒がせしてしまい申し訳ありません」

セレスティーヌが、頭を下げる。

「いえ、ちょっと驚いただけですよ。こちらの方たちは、セレスティーヌのお子様たちなのかな？」

エヴァルドが、いつものように穏やかな笑顔で返してくれる。

「はい。紹介させてください。一番上の、アクセル・フォスターです。私の姪《めい》っ子と結婚して、実家の爵位を継いでいます」

セレスティーヌが、アクセルの方に手のひらを向け紹介する。アクセルも紹介を受け、立ち上がって笑顔で挨拶をした。

「初めまして。アクセル・フォスターと申します。母が、お世話になっています」

セレスティーヌが、子供たちを順番に紹介した。

レーヴィーは、エヴァルドに対して疑心暗鬼なところがあるのか、いつものようにポーカフェイスで挨拶している。

ミカエルは、何やら面白くなさそうにぶっきらぼうな口調で挨拶をする。しかも、エヴァルドを睨みつけている。

その様子を見るセレスティーヌは、この態度は何なのかとがっかりする。

長女のセシーリアの番になると、セレスティーヌの紹介を待たずに自分で挨拶を始めた。

「長女のセシーリア・ブランシェットと申します。母が、お世話になっております」

男性にいつも素っ気ないセシーリアが、なぜか食い気味に熱い眼差しをエヴァルドに向けている。

セシーリアが男性に好意的な眼差しを向けるなんて珍しい。どうしたのだろう？　と不思議に思いつつ、フェリシアを紹介しようと口を開きかける。

しかし、フェリシアもセレスティーヌの紹介を遮って自分で挨拶をしてしまう。

「次女の、フェリシア・ブランシェットと申します。母から手紙で伺っていたのですが、まさかグラフトン公爵様がこんなに素敵な方だと思いませんでした」

フェリシアが、目を輝かせながら興奮気味に言う。セレスティーヌは、何を言っているの？　この子は……と動揺を隠せない。

「ちょっと、フェリシア初対面の方に何言っているの」

フェリシアは、全く悪びれることもなく言葉を続ける。

「だって、セシーリアお姉様もそう思うでしょ？」

振られたセシーリアは、動揺することもなく扇子をパッと開き、口元に持っていく。

「フェリシア、事実だけれどもグラフトン公爵様が困っていらっしゃるわ。そこまでにしておきなさい」

フェリシアが、「はーい」と大人しくソファーに座る。セレスティーヌは、セシーリアの言葉に驚く。

同時に、エヴァルドの表情を確認してしまった。エヴァルドの方を見ると、顔が赤くなっていて完全に困っていた。

「えっと……その……。紹介してくれてありがとう。私は、エヴァルド・グラフトンです。セレスティーヌには、こちらこそ色々お世話になっています」

そこで一旦、全員ソファーに腰かけて執事にお茶を淹れてもらった。一度落ち着き、セレスティーヌは淡々とした口調で訊ねた。

「まず、貴方たちが突然来た理由を、アクセル説明しなさい」

そう言われたアクセルは、静かに説明を始めた。


事の発端は、ミカエルが両親の離縁を知ったことに始まる。セレスティーヌは、ミカエルにだけ離縁のことを知らせていなかった。

エディーと実母であるディアナに、頻繁に会っていることは知っていた。だからエディーから聞くだろうと思っていたのだ。

自分のことを、母親だと思ってもらえていないようだし、セレスティーヌがわざわざ知らせる必要はないだろうと判断した。

ところが、エディーもディアナもミカエルに話をしなかった。

兄妹《きょうだい》たちも、ミカエルに知らせると面倒臭いことになるだろうと予想していたので、誰も何も言わなかった。

ミカエルは、普段は騎士の宿舎で暮らしている。家族のことを知ろうと思ったら、自分から知ろうとしなければわからずじまいだ。

だから何も知らないまま、半年が経過していた。

たまたま出席した夜会で、友人からブランシェット夫妻が離縁したと聞いたけど本当なのか？　と聞かれ初めて知った。

知ったミカエルは、ブランシェットの屋敷に駆け込んでレーヴィーに問いただした。

いつまでも黙っておけないと思ったレーヴィーが、初めてミカエルに離縁の事実を話して聞かせた。

話を聞いたミカエルは、今からすぐにセレスティーヌに会いに行くと言い張って大騒ぎを起こす。レーヴィーは、アクセルも呼び兄妹全員で話し合おうと一旦落ち着かせた。

アクセルは、ここまで話をして一旦お茶を飲んで話を区切った。

アクセル曰く、ここからが本題なのですがと前置きをして更に話を進める。

そもそもミカエルが、八年間もずっと家に帰ってこなかった原因なのだが……。実はミカエルは、幼い時からずっとセレスティーヌのことが好きだった。

ミカエルは、七歳の時に本当の親子ではないと打ち明けられて歓喜した。将来は、セレスティーヌのような人と結婚したいと思うぐらい好きだったのだ。

だから、母親じゃないと知って本当に好きでいいのだと思い込んだ。将来、立派な男になって自分と結婚してほしいと本気で考えた。

立派な男になる為には、騎士になるのが一番手っ取り早いと思って一〇歳の時に騎士学校に進む。

ミカエルにとって母親は、セレスティーヌではなかったので本当の母親ディアナに会いに行った。そこで、父親とも話すようになり子供の自分を忘れてもらう為に、大人になるまで会わない方がいいと助言をされた。

だから、今までミカエルがセレスティーヌに会いに来ることがなかった。誰も口を挟むことなく、アクセルが話し切る。部屋の中は、重苦しい沈黙に包まれていた。

ここまで聞いたセレスティーヌは、絶句してしまう。

色々と聞きたいことはあるが、ミカエルが自分をそんなふうに思っているなんて考えたこともなかった。

セレスティーヌにとってミカエルは、いくつになったって可愛い自分の息子なのだ。

確かに、見た目は騎士になっただけあって体つきもしっかりしていて立派な大人の男性だ。だけど、やっぱり幼い頃の面影だってある。何よりこの八年間、何の説明もされずにただ避けられていたのだ。

どれだけセレスティーヌが、寂しくて辛い気持ちだったか全くわかっていない。

エディーは、一体自分の息子に何を教えているのだと怒りの感情が湧く。

「それで、さっきのプロポーズに繋がるわけね……」

セレスティーヌが、言葉を零す。

「僕は、本気なんだセレスティーヌ！」

ミカエルが、力強く主張する。

「母親を名前で呼ばないでって言っているの！　ねえ？　おかしいと思わないの？　八年間も何も知らされずに、息子だと思っていた子に避けられたのよ。たまに遠目で見るミカエルは、父親と母親と仲良さそうにしゃべっていて……。それを見せられる、私の気持ち

を考えたことある？　私と貴方たちを繋ぐものって、貴方たちが私のことを母親だと思ってくれる、その気持ち一つだけなのよ。そう想ってもらいたくて、必死で子育てしたつもりだったのに……」
セレスティーヌの目から、溢れ出る気持ちと共に涙が止まらない。
エヴァルドが、セレスティーヌに優しく寄り添ってハンカチを差し出してくれた。
セレスティーヌは、エヴァルドのハンカチで涙を拭うが溢れ出る感情がコントロールできなくて言葉が続かない。

子供たち五人は、そんな母親の初めて見る姿に動揺していた。子供たちから見た母親は、どんな時も冷静で落ち着いていてしっかりしている姿しか見たことがなかったから。

「お母様……。ミカエルお兄様だけが悪い訳ではないんです。幼かったあの頃、ミカエルお兄様に騎士になるようにたきつけたのは、アクセルお兄様とレーヴィーお兄様なのですわ」

セシーリアが、控えめに説明を始める。

アクセルが一〇歳。レーヴィーが九歳。ミカエルが七歳だった時は、男の子が一番やんちゃ盛りでいつも喧嘩《けんか》ばかりしていた。

下に二人いる妹たちはまだ幼くて、母親に構ってもらえることも三人は少なかった。たまに構ってもらえる時でも、ミカエルが一番甘え上手で母親を独占してしまう。

まだまだ母親に構ってもらいたかったアクセル、レーヴィーが、母上のことが好きなら守ってあげられるくらい強くならないと駄目だと言って、騎士を勧めたことがきっかけらしい。

決めたのなら、できるだけ早く家を出て騎士になった方がいいと言って、事実上ミカエルを家から追い出したという裏事情があると説明する。

セレスティーヌは、またしても自分の知らなかった事実を聞いて困惑する。

確かにあの頃は、兄妹五人でよく母親の奪い合いをしていた。まさかそんなことで、ミカエルが家を出てしまっていたなんて……。

「私が、平等に子供たちと接してあげなかったから……」

セレスティーヌが、自分を責める。

「違いますわ、お母様。三兄は、ただ単にマザコンなだけです」

セシーリアが、キッパリと告げる。

「えっ？」

セレスティーヌの目が点になる。

「ほらだって、お父様って極度のマザコンじゃないですか？　その血を強く引いているんですわ」

セシーリアが、さも当たり前といった様子で話す。横で聞いているフェリシアは、うんうんと頷いている。

上二人の兄は、バツが悪そうな顔で目を泳がせている。否定しないところを見ると、本当の話らしい。

「あはははは。ごめんね……笑ったら悪いと思ったけど……。堪えきれなくて……くくく」

エヴァルドが、笑いを噛《か》み殺しているが言葉の切れ目に笑いが零れてしまう。

ひとしきり笑って満足したのか、息を整えてから言葉を続けた。

「君たち兄妹は、お母さんが大好きなんだね。セレスティーヌは、素敵な母親だったのだと思うよ」

エヴァルドが、曇りのない笑顔をセレスティーヌに向ける。

セレスティーヌは、エヴァルドに褒められたことが嬉しくて胸がドクンと高鳴る。何だか恥ずかしくて、頬が熱い。

「違う！　僕は本当に、セレスティーヌが好きなんだ。だから僕と結婚してほしい」

それまで静かにしていたミカエルが、バンッと立ち上がりセレスティーヌの前に跪《ひざまず》く。

上目遣いに、ミカエルがセレスティーヌを見上げる。

セレスティーヌも、ミカエルの目を見る。一つ、深呼吸をするとキッパリと告げた。

「ミカエル、私も一人の女性として返事をします。貴方の気持ちには応えられないわ」

「どうして……どうしてだよ！」

ミカエルが、納得できないようでセレスティーヌの手を摑んで揺さぶる。

「ミカエル……。私は、結婚するなら私だけを見てくれる人がいいの。不器用でも女性に慣れていなくても、容姿が優れていなくても、誠実で一途な人がいい。それだけが希望なの」

セレスティーヌは、ミカエルから目を逸らさずに自分の気持ちを伝える。ミカエルは、今にも泣きそうな表情になっている。

「ほら、ミカエル。これで満足しただろ。帰るぞ」

レーヴィーが立ち上がり、ミカエルを引っ立てるようにして退出しようとする。

「グラフトン公爵様、突然お邪魔したうえにお騒がせしてしまい申し訳ありませんでした。

私たちは、すぐに帰らなくてはいけなくて……。後日、必ずお詫《わ》びに伺います」

アクセルも立ち上がり、エヴァルドに謝罪する。

「ああ、大丈夫だよ。当主が二人も国を出て大変なのはわかるから。早く帰った方がいい。こちらのことは、心配しないで」

エヴァルドが、優しく返答する。

「すみません。では、失礼します」

アクセルが、エヴァルドに一礼する。そして退出際に、妹二人に向き合う。

「お前たち二人は残るのか?」

「はい。私たちはお母様と三人で帰りますわ」

セシーリアが、返答する。

アクセルがそれを聞いて頷くと、レーヴィーたちの後を追いかけた。


息子たちが部屋を出ていくと、嵐が去ったような感覚だった。突然来て、突然帰られて……。セレスティーヌは、呆然としてしまう。

「お母様、大丈夫ですか?」

セシーリアが声をかける。セレスティーヌは、娘の声かけにそうだったこの子たちがまだいたのだと思い返す。

「貴方たちは、なぜ帰らないの？」

セレスティーヌが、二人に向かって聞く。

「だって、私たちはお母様の疑問に答える役目と、インファート王国に一緒に帰る役目があるの。お母様、聞きたいことまだ沢山あるでしょ？」

フェリシアが明るく元気に言った。

「グラフトン公爵様、大変申し訳ないのですが、今日は私たち二人を泊めていただけませんか？」

セシーリアが、エヴァルドにお願いする。

突然話を振られたエヴァルドは、驚きつつも気持ち良く了解してくれた。

「もちろんですよ。夕食は、私の祖父もいるのですが皆さんでご一緒にいかがですか？」

セレスティーヌが、すみませんと口にしようとしてフェリシアに遮られる。

「嬉しいです。ぜひ、皆さんで食べましょう。それと、お部屋はお母様と一緒の部屋にしてほしいです」

フェリシアが前のめりになって、エヴァルドにお願いしている。

セシーリアが、姉らしくフェリシアを窘《たしな》める。

「フェリシア、失礼ですよ」

フェリシアが、唇を尖《とが》らせてむくれる。

「だってお母様と会うの久しぶりなのよ！　セシーリアお姉様だけ、一人で寝ればいいじゃない」

「そんなこと、言ってないじゃない！」

セシーリアも妹の言葉に怒り出してしまった。

「もう、貴方たちいい加減にしなさい！　ここは、自分の屋敷じゃないのよ！」

喧嘩を始めた娘たちに呆れながら、セレスティーヌが二人を叱る。

「あはは。本当に仲の良い親子ですね。いいですよ。三人で一緒に寝られる部屋を用意しましょう」

エヴァルドが、楽しそうに笑ってその場を収めてくれた。


部屋の用意が済んだと執事が呼びに来てくれて、三人は客室へと向かう。エヴァルドには、また夕飯の時にと言葉を添えて部屋を退出した。

執事が、客室の扉を開けてくれてどうぞと中に通してくれる。最初に部屋に入ったフェリシアが、感嘆の声を上げた。

「うわー。ベッドを二つくっつけてくれてるー。お部屋も、凄く広ーい」

セレスティーヌが、呆れながらフェリシアを叱る。

「もう、フェリシア！　さっきから、はしたないですよ」

「だってお母様に会えて、嬉しいんだもん」

そう言って、フェリシアがセレスティーヌに抱きつく。執事が気を利かせて一礼すると、部屋のドアを閉めて出ていった。

セレスティーヌも仕方ないわねと、ギュっと抱きしめ返す。暫くそうしていると、セシーリアが声を出す。

「フェリシア、いい加減にしなさいよ。気が済んだでしょ」

フェリシアが渋々、手を緩めてセレスティーヌを離す。

「お姉様だって、本当はしてもらいたいくせにー」

フェリシアが、セシーリアを揶揄う。

「そっそんな訳ないじゃない。もう子供じゃないのよ」

セシーリアは、腕を組んでツンと顔を逸らす。セレスティーヌは、そんなセシーリアを見てこの感じも久しぶりだなと微笑ましく思う。

「ふふふ。セシーリア、お母様は久しぶりに抱きしめさせてほしいわ」

セシーリアが、ちょっと顔を赤らめる。

「お母様が言うなら、仕方ないのではなくて？」

セレスティーヌが、セシーリアを抱きしめる。セシーリアも何だかんだ言いながら、ギュっと背中に手を回してきた。

三人で愛情を確かめ合って満足すると、セレスティーヌが改めて色々なことを訊ねた。ミカエルがさっき口にした練習について聞くと二人とも顔をしかめた。

何でも、父親に相談すると女性の扱いには慣れておいた方がいいぞと言われた。だから素直なミカエルは、そのまま鵜呑《うの》みにして寄ってきた女性たちと、将来セレスティーヌを口説く為の練習として付き合っていたらしい。

そのことについては、散々兄妹たちで絶対にやめた方がいいと助言していた。しかし残念ながら、ミカエルは耳を貸さなかった。

自分の母親に聞いたら、素敵な男性は女性の扱いにスマートで優しい人だと言ったから……。

ブランシェット公爵様の愛人をやっているくらいだから、そういう男性が好みなのはわかる。だけどミカエルの母親と、私の趣味は違うからと心の中で突っ込む。

話を聞く限りミカエルは、一番多感な時期を両親と過ごしてしまったばっかりにおかしな方向に進んでしまったようだ。

セレスティーヌを本当の母親だと思えないなら、実母のところに行けばいいと促したのもアクセルとレーヴィーだった。

途中でミカエルがおかしな方向に行き出して、さすがに兄二人は責任を感じた。何とか考えを改めさせようと色々頑張ったらしいが、どうにもならなかった。

このことについては二人とも反省していて、これからはきっちり締めながら軌道修正していくと宣言しているらしい。

また今回一緒に帰ってきてもらいたい理由は、今年行われるレーヴィーの爵位の継承とセシーリアの結婚式の為だった。

リディー王国で年を越してしまったから、まだ先だと思っていた行事の準備が始まっている。

その準備をレーヴィーの妻が中心になって動いているが、やはり大変らしく行き届かない事柄が出てきてしまった。

だから、そろそろ一度セレスティーヌに帰ってきてもらいたいと考えていたのだそう。

そこに今回、ミカエルがこんな事態を招いてしまいセレスティーヌに会いに行くと言い張った。

母親に会いに行くなら、帰ってきてもらえるように交渉しようと兄妹たちで話し合って、その役目が妹二人に託された。

話を聞きながら、セレスティーヌは何とも言えない気持ちになる。

ミカエルのことはずっと心配していた。だけど本当の母親と父親を選んだのなら、自分の出番はないとずっと諦めていた。

ミカエルが自分に近づかなかった理由が、こんなことだったと聞いて驚きしかない。どこかで誰かがきちんと導いてさえいれば、ミカエルがあんなふうに父親のようになることもなかったのにと思うと残念でならない。

セレスティーヌが顔を曇らせて考え込んでいると、セシーリアが聞いてくる。

「ミカエルお兄様のこと考えているの？」

セレスティーヌが、俯いていた顔をセシーリアに向ける。

「そうね……。どうして誰も止められなかったのかしら……。出しゃばってでもいいから、もっと私がミカエルを見ていてあげれば良かった……」

セシーリアが、セレスティーヌの手を優しく摑む。

「お母様が気に病むことではないと思うわ。たきつけたお兄様たちも悪かったけれど、選んだのはミカエルお兄様だもの。それに、実の母親が今のミカエルお兄様を育てたのよ。残念だけれど、それを受け入れるしかないと思う」

セシーリアが、急に大人になってしまったようなことを言う。セレスティーヌは、驚いてしまった。

知らない間に、立派な女性に成長してくれていた。嬉しさもあるが、何だか急に寂しくなる……。

それでも、子供たち一人一人が選んだ今なのだ。セシーリアの成長を受け入れて、ミカエルのことは、セレスティーヌが何かを言うべきではないのだろう。

「ありがとう、セシーリア」

セレスティーヌは、まだ割り切れない複雑な心境ではあったけれど笑顔を浮かべてセシーリアにお礼を言った。

「そういえば、フェリシアが静かね……」

セレスティーヌが、そう言いながらフェリシアの方を見る。すると三人が一緒に寝られるように繋げてくれているベッドに、ドレスのまま寝っ転がって寝ていた。

全くもうと思いながら、セレスティーヌは布団をかけてあげる。

「それはそうと、お母様！　お母様が綺麗になっていて驚いたわ」

セシーリアが、珍しくはしゃいだ声を上げている。

「そうかしら？　こっちに来てから、オーレリアに色々言われたりしているから……」

セレスティーヌが、恥ずかしそうに自分のドレスを見ている。

「オーレリア様のお陰なんですの？　グラフトン公爵様のお陰ではなくて？」

セシーリアが、いたずらっ子のような顔で聞いてくる。いつもなら、フェリシアのセリフだ。

「何言っているのよ……。エヴァルド様には良くしていただいているけど、そういう関係ではないのよ」

セレスティーヌは、勘違いしないようにとセシーリアに釘《くぎ》を刺す。

「あらっ、だって。先ほどミカエルお兄様に言っていた、お母様のタイプってそのままグラフトン公爵様じゃなくて？」

セシーリアが面白そうに、ふふふと笑っている。セレスティーヌは、さっき言った言葉を思い出して焦る。

「違うわよ！　確かに、グラフトン公爵様は素敵だけれど……。私の方が年上だし、婚姻歴もあるし釣り合わないにもほどがあるわ！」

セシーリアが、何かを悟ったような顔をしている。

「そうですわね。私も、素敵だと思いましたもの」

セレスティーヌが、セシーリアが言った言葉に驚く。

「さっきも思ったのだけれど、セシーリアが男性を褒めるのは珍しいわね」

セレスティーヌが、素直な感想を呟く。

「お母様、だってグラフトン公爵様って私の理想そのものですわ。雰囲気イケメンっていうのかしら……。見るからに誠実そうで優しそうだし、危険な匂いが全くしないもの。婚約者がいなかったら、間違いなく求婚していましたわ」

セシーリアが、夢見るような表情をしている。確かに、セシーリアとエヴァルドだったらお似合いだったかも。

「そう……。セシーリアのタイプだったの……。いなかったの社交界に？」

セレスティーヌが、訊ねる。

「ああいう方って、表に出てこないからなかなか私みたいなタイプのところには寄ってきてくださらないのよ。それに、すぐにヴァージルに捕まってしまったし……。現実と理想は、ままならないものらしいですわ、お母様。だからお母様は、頑張って！」

セシーリアが、パチンとウィンクを飛ばす。

だから私はそういうのではないのよと説明するが、セシーリアは譲らない。初めて娘と恋の話をして、何だか嬉しいけど恥ずかしい。

こんな気持ちになれるのも、この国にいるからなのかしら？　とセレスティーヌは考えを巡らせた。

閑話　オーレリアと二人の娘たち

セシーリアとフェリシアは、折角だからと数日リディー王国に滞在することになった。

それならばとセレスティーヌは、娘二人をオーレリアのところに連れていった。

オーレリアは、セレスティーヌの子供たちに会えると思っていなかったと喜ぶ。

そして折角だからとオーレリアは、マーガレットの家庭教師の時間を使ってセレスティーヌの娘二人をリディー王国の街に連れ出した。


馬車の中の二人は、マーガレットの教師をしているセレスティーヌを見て複雑な心境だったらしく黙り込んでしまっている。

そんな二人の姿を見て、可愛いなとオーレリアは思う。血が繋がっていない親子関係だとは思えないくらい仲が良い。

セレスティーヌは、二〇年の月日を母親として頑張ったのだなとこの二人の娘を見て感じていた。

「マーガレットにやきもちかしら？」

オーレリアは、馬車に揺られながら向かいに座る二人に声をかけた。

「そんなことありませんわ。お母様が、先生って呼ばれているのにちょっとびっくりしただけですわ」

セシーリアが見るからに不機嫌で、嘘を言っているのがわかる。ちょっとあまのじゃくな子ね。ツンとした感じが可愛らしい。

「お母様は、私に淑女教育なんてしてくださらなかったわ……。マーガレットちゃん、とても楽しそうだった……」

フェリシアは、セシーリアと正反対に正直に落ち込んでいる。何て正直な子なのかしら？

二人は全く正反対ね。

同じようにセレスティーヌは育てたはずなのにこんなに違うなんて面白い。

「二人とも、落ち込まないで。それは娘と母親なんだもの、マーガレットに対する接し方とは違うわよ。マーガレットはあくまで生徒だから、セレスティーヌなりに一線引いているのよ」

オーレリアは、二人に優しく語りかける。二人とも、わかってはいるがやっぱりちょっと寂しそうだった。

「帰ったら沢山甘えさせてもらいなさい。セレスティーヌなら受け止めてくれるわよ。今は、お買い物を楽しみましょう？　セシーリアは、何か見たい物はないの？　もちろんフェリシアも。言っとくけど私、セレスティーヌと違ってこういうのは得意なのよ」

オーレリアが、胸を張って得意そうに言った。その姿がおかしかったのか、二人ともふっと柔らかい雰囲気に変わる。

「実は私、オーレリア様のドレスが気になっていたの。そのドレスとても素敵。私に合わせて作ることってできるかしら？」

セシーリアが、さっきとは打って変わって興味津々にドレスを見ている。

「ふふふー。なかなかお目が高いわね！　このドレスは私がデザインしたのよ！　セシーリアなら、もっと華やかで大胆なデザインでも着こなせそう！　私に任せなさい。とっておきのドレスを作ってあげる」

オーレリアは、セシーリアに似合いそうなドレスを頭の中でどんどん想像する。とても印象の強い子なので、ドレスの着せ甲斐がある。

「もう！　お姉様ばかりずるい！　あの、オーレリア様。私、お母様とお揃いのアクセサリーが欲しいの。何か良さそうなものありますか？」

フェリシアも、身を乗り出してオーレリアに聞いた。去年、姉が母親とお揃いのアクセサリーを持っていたことを知って、ずっとショックで引きずっていたのだ。

「フェリシアったら、まだ根に持っていたの？」

セシーリアが、隣のフェリシアを見てびっくりしている。

「いいじゃない。私だって、お揃い欲しいの！」

オーレリアの目の前で、姉妹喧嘩が始まりそうになっている。真逆の二人だけれど、仲が良さそうで微笑ましい。

喧嘩の内容が母親の取り合いなんだもの、可愛いしかないわね。オーレリアは、内心笑いを堪えるので必死だった。

「フェリシア任せて！　私が二人に合うお揃いのアクセサリーを見繕ってあげる。二時間じゃとてもじゃないけど終わりそうにないから、今日は時間を気にせずにお買い物を楽しみましょう」

オーレリアは、張り切って二人に宣言する。二人とも嬉しそうに頷いた。

三人はまず、オーレリアが経営するドレスショップに向かった。オーレリアが店に入ると、すぐに店員が気づいて寄ってきた。

「オーナー、今日はお客様をお連れですか？」

オーレリアは、店員に向かって明るい声で返答する。

「そうなの。友達の娘なの。二人にドレスを作ってあげようと思って」

店員が、セシーリアとフェリシアを見る。

「素敵なお嬢様方ですね。ゆっくり見ていってください」

店員は、それだけ言うと仕事に戻っていった。オーレリアは、瞳を輝かせて二人をまじまじと見る。オーレリアの頭の中は、色々なドレスでいっぱいだった。

セシーリアとフェリシアは、店内にかかっているドレスに目を向ける。どれも個性的なデザインで、夢中になって色々なドレスを見ていた。

「お姉様、私には似合わないような気がするのですが……」

フェリシアが小さな声で、セシーリアに囁く。どのドレスも、どちらかというと大人の女性向けだった。セシーリアは、年の割に大人っぽいので問題なく着こなせそうだが。

「きっとオーレリア様なら、フェリシアに似合うデザインを考えてくれるわよ。それにしても、とても華やかで素敵だわ」

セシーリアは、ドレスを見ながら感嘆の声を上げる。二人は、ドレスを見ながら感想を言い合っては似合う似合わないと楽しそうに話していた。

「二人とも、ちょっとこっちに来て！」

オーレリアが、いくつかのドレスを手に持ってこっちと顔で指し示している。オーレリアが向かった場所には試着室があり、そこに二人は通される。

「まず、セシーリアからね。夜会用のドレスでいいのかしら？　それとも普段使い用？」

オーレリアが、セシーリアに向かって訊ねる。セシーリアは、少し考えてから答えた。

「んー。迷うけど……。華やかだから夜会用を作ってもらおうかしら？」

セシーリアが、人差し指を頬に当てて悩ましげな表情をしている。

「それなら、これなんかどう？」

オーレリアが見せたドレスは、とても素敵なドレスだった。胸元はビスチェタイプになっていて肩がざっくり開いている。スカートは、Aラインのドレスで大きなひだのある形。そして何といっても一番目を引くのは、ドレスの柄だった。色が深い群青で、様々な花の絵が描かれている。オーレリアが言うところの、和柄というのだそう。

「お姉様、とても素敵だと思う」

フェリシアが、キラキラした目をして興奮している。

「でも、胸元が開きすぎてないかしら？」

セシーリアは、うーんと首を捻る。

「じゃあ、胸元と肩が隠れるように透け感のある素材で袖を付けるのはどう？」

オーレリアが、袖のあるデザインのドレスを持ってきてイメージしやすいように提案してくれた。

「それなら、私でも着られるかも！」

セシーリアが、パッと目を輝かせて賛成する。オーレリアも、良かったと頷く。

「よし。じゃー、このドレスで胸元だけそのように作り直すわね！　次は、フェリシアの番」

オーレリアは、セシーリアのドレスの変更点をメモに残して次のドレスを持ってくる。

「フェリシアは、可愛らしくこれなんかどうかしら？　社交界デビューがまだだから、外出用のドレスなのだけれど」

フェリシア用に持ってきたドレスは、セシーリアの大人っぽいものとは打って変わりとても可愛らしいものだった。

袖が透け感のある七分丈で、ボリュームのないストンと流れるスカートの形。ウエスト部分の正面には存在感のある大きなリボンがあり、白地にピンク色の大小様々な花が柄として入っている。

この柄も、セシーリアの選んだドレスと同じく和柄が使われていた。

「素敵！　この和柄っていうデザインがうっとりするくらい華やか」

フェリシアが、手を叩いて喜んでいる。

「そうね。このドレスならフェリシアに似合いそう」

セシーリアも、納得の可愛らしさで大きく頷いている。

「良かった。じゃー二人とも、採寸させてもらうわね。二人のサイズに合わせて作り直すから！」

オーレリアは、どこからともなくメジャーを持ってきて二人を採寸した。一度着ていたドレスを脱がなければならず、採寸が終わる頃には二人ともぐったりしていた。

「二人ともこれくらいで疲れていてどうするの？　次は、アクセサリーを見に行くわよ!!」

全く疲れを滲ませないオーレリアは、拳を握ってさあ行くわよっと二人を促した。二人は、疲れを見せながらもオーレリアの後に続く。

ドレスの店からすぐだということで、三人は歩いてアクセサリーのお店に向かう。歩きながらオーレリアが、次に行く店の説明をしてくれた。

オーレリアはアクセサリーの店も経営しているらしく、とても人気なのだと嬉しそうに語る。

ちょっと特別なお店で、フェリシアが欲しいものがきっと見つかるとにこにこ顔だ。

ドレスの店から、本当に歩いてすぐで五分ほどの場所にあった。娘二人は、店の外観を見て感動している。

大きなガラスを用いた正面の扉からは、店内が垣間見える。天井から吊《つ》るされた大きなシャンデリアが、外から見ても存在感を放っていた。

「オーレリア様、素敵。早く中を見てみたい！」

フェリシアが、先ほどの疲れはどっかに行ってしまったようにはしゃいでいる。オーレリアが、二人を伴って店のドアを開けた。

「いらっしゃいませ。あら、オーナーでしたか」

女性店員が、すぐにオーレリアに気づき声をかけた。

「ふふふー。今日は、素敵な令嬢を二人も連れてきたのよ。私が案内するからよろしくねー」

オーレリアが、女性店員に笑顔で返答した。店員は、心得ましたとばかりに頷いて娘二人に頭を下げた。

セシーリアとフェリシアは、店員に会釈をするとオーレリアに続いて店の中に入る。あちらこちらに置かれたガラスケースに釘付けになる。

「二人とも、こっちに来て。うちの店はね、どのアクセサリーもペアで注文することができるの。もちろん自分だけで使う方もいるけれど、圧倒的にペアで購入していく方が多いのよ」

オーレリアは、一番近くにあったガラスケースの前まで行くと説明を始めた。リディー王国では、庶民の間で大切な人と何かを共有する文化が元々あった。

オーレリアがリディー王国に来てその文化を知った時に、このペアのアクセサリーを思いついた。

最初は、貴族に向けて恋人や夫婦向けに販売を始めた。たちまち人気商品となったそれは、若者の間で友達同士や親子など大切な人と、一緒に持ちたいと意見が寄せられるようになる。

オーレリアは、すぐにお客様の意見を取り入れて様々なペアの形を実現した。

一番わかりやすいのは、同じデザインのものを色違いで揃える形。他には、恋人同士向けに見ただけではわからないように両方が対になっているもの、重ね合わせると一つのデザインになるものなど沢山の種類がある。

「大切な人とペアで持つなんて、凄くロマンチックだわ」

　セシーリアも、興味津々にガラスケースの中を見ている。

「そうでしょう。セシーリアは、婚約者とペアのネックレスなんてどう？　これなんて、一見すると全く別のものだけれど重ね合わせることができるのよ」

　オーレリアは、とても誇らしげにガラスケースの中の商品を紹介する。セシーリアが、食い入るように見て瞳をキラキラさせていた。

「もう、これはお姉様のお買い物じゃないんだから！　オーレリア様、お母様とお揃いでつけておかしくないデザインってどんなものかしら？」

　フェリシアが、姉を押しのけてオーレリアに訊ねる。オーレリアは、少し考えるとフェリシアを奥にあるガラスケースの場所に連れていった。

「これなんてどうかしら？　同じ形で色違いなのだけれど、フェリシアは可愛らしくピンクゴールド。セレスティーヌは、大人っぽくシルバー」

　オーレリアが見せたネックレスは、コインの形で円の中に花の模様が描かれている。ワンポイントで宝石も付いていてとても可愛らしい。

　親子で持っていても違和感がなくお洒落なネックレスだった。フェリシアは、じっとそのネックレスを見る。

「とても可愛いわ。つけてみてもいいかしら？」

　フェリシアは、嬉しそうにオーレリアに訊ねた。

「もちろんよ。私がつけてあげるわ。あっちの鏡の前に行きましょう」

二人は鏡の前に移動して、オーレリアがフェリシアに先ほどのネックレスをつけてあげた。

「とても可愛いわ。私、これにする」

フェリシアが、鏡を見ながらとても気に入ったようで喜んでいる。

「気に入ったデザインが見つかって良かった。じゃー、これとシルバーのものと包んでもらいましょう」

オーレリアが、フェリシアににっこり微笑む。年頃の女の子との買い物って楽しい！

マーガレットは、まだそこまでお洒落に興味を持っていないから物足りなかったのだ。

一人にしてしまったセシーリアの方を見ると、何やら自分で既に購入している。きっと婚約者とペアで何か買ったのだろうと微笑ましい。

オーレリアは、セシーリアが何を買ったのか後で教えてもらおうと笑みを浮かべた。

帰りの馬車では、すっかり仲良くなった三人の会話が尽きない。馬車を操る御者は、中から聞こえてくる声に自然と笑顔になっていた。

オーレリアの屋敷に着くまでずっと、馬車からは楽しそうな笑い声と女性三人の華やかな話し声が聞こえていた。

娘二人は、快活なオーレリアのことをすっかり好きになってしまい、お別れをする日はとても残念がっていた。

今度は、オーレリアの娘のマーガレットと一緒に、インファート王国に遊びに来てと約束を交わす。

セレスティーヌは、娘たちの説得によってインファート王国に一カ月ほど帰る予定を組んだ。

その為マーガレットの家庭教師は、一旦お休みになってしまう。マーガレットにとって、セレスティーヌが暫くインファート王国に帰ってしまうのはショックだったらしくかなり落ち込んでいる。

そんなマーガレットの為にセレスティーヌは、沢山宿題を出した。文章の練習にもなるからと沢山手紙も書いてねとお願いする。

マーガレットは、手紙と聞いてちょっと機嫌を直してくれた。子供が手紙を書く機会はそうないので、楽しみができたようで嬉しそうだ。

セレスティーヌにとっても、マーガレットとの家庭教師生活はとても楽しいものであった。未練を残しながらも、次に会うのを楽しみにしているからと笑顔で別れを告げた。

セレスティーヌが、インファート王国に帰る前夜。

エヴァルドに少し話をしたいと言われ、夕食の後に時間を設けた。今日は、晴れていて星がよく見えるから、温室で話をしましょうと誘われる。

グラフトン公爵邸に来て半年経つが、温室に行ったことはない。星が見える温室ってどんな感じなのかしら？　夕食を終えると、娘たち二人に断って温室へと向かった。

娘二人は意味深な笑いを浮かべていたが、敢《あ》えて無視した。娘二人と一緒にいるようになって、夜は必ず二人の婚約者の話に花を咲かせた。

インファート王国にいる時は、何かが邪魔をして娘たちとざっくばらんに婚約者の話をしたことがなかった。

それぞれ、何だかんだ言いながら愛を育んでいて微笑ましい。話を聞きながら、もしかしたら娘たちは、自分に気を遣って恋愛の話ができなかったのかもしれないと気づく。

この国に来て、三人で一緒に寝るようになって距離がグッと近づいた。あの家は、娘たちにとっても息苦しい場所なのかと思うと少し悲しかった。

案内された温室の中に足を踏み入れると、それまで考えていたことが飛んでしまう。息を吸うと花の香りが、鼻に抜ける。

決して大きな温室ではなく、全体を見渡せるくらいの規模だが、とても凝った造りをしていた。

六角形の温室は角すい状の天井に覆われていて、そこには透明度の高い大きなガラスが張り巡らされていた。天井一面に、星空が綺麗に見渡せる。

温室の中央部分に丸い噴水があり、それを囲うように色とりどりの花が咲き乱れていた。星が綺麗に見えるようにできるだけ照明が落とされ、噴水に続く道の足元にだけランプが置かれていた。

何て綺麗なんだろうと足を止め空を見上げると、数えきれないほどの星が瞬いていて息を呑《の》む。

ランプの先の噴水の前には、エヴァルドだろう人影が星を見上げて立っているのが見えた。ゆっくりとセレスティーヌは、エヴァルドの元に歩みを進める。

セレスティーヌが噴水の手前まで進むと、はっきりとエヴァルドの姿が見えた。

更に進むと、月明かりに照らされたエヴァルドの表情が垣間見える。どこか、緊張しているような、思い詰めたようなそんな表情。

セレスティーヌが、エヴァルドに声をかけた。

「エヴァルド様、お待たせしました」

エヴァルドが、セレスティーヌの方を向き笑顔を零した。その笑顔が、とても嬉しそうな切なそうな、何とも言えない笑顔だった。

セレスティーヌの胸が、ギュっと押し潰されそうになる。この感情の正体を知りたくなくて目をつぶる。

自分の想いに蓋をするセレスティーヌの表情も、気づかぬうちに切なさが入り混じる。

「いえ、こちらこそ遅くに呼び出してすみません」

エヴァルドが申し訳なさそうに返答した。

セレスティーヌはエヴァルドが立っている横に並んで、彼がさっき見ていたように、ガラス張りの天井を仰ぎ見る。

透明なガラスを通して、空一面に星が瞬いているのが見えた。足元のほのかなランプの明かりが相まって、とても幻想的な雰囲気を醸している。

「素敵な場所ですね。こんなに綺麗に星が見えるなんて、感激です」

セレスティーヌが、少し興奮した面持ちで呟く。

「気に入っていただけて良かった。一緒に星を見たいと思っていたのですが……なかなか誘う機会がなくて、今日になってしまいました」

エヴァルドが、星空を眺めるセレスティーヌに何だか少し寂しそうな表情で語りかける。

セレスティーヌは、視線を星空からエヴァルドに移動する。

すると、思いつめたエヴァルドの表情がそこにはあった。

「エヴァルド様、どうしました？」

どうしても気になってしまい、セレスティーヌはエヴァルドに問いかける。

エヴァルドが、上着のポケットから何かを取り出しセレスティーヌの手の平に載せた。セレスティーヌが、何だろうと手を顔の近くに持っていく。

視界に入ってきたのは、エメラルドだろうか？　暗くてよくわからないが、ひし形の台の中央に緑色の石がはまったシンプルだけれどお洒落な指輪が手の平に載せられていた。

「これは？」

セレスティーヌが、重ねて訊ねる。

「これは、亡くなった母の形見の指輪です。セレスティーヌに持っていてもらいたくて……」

エヴァルドの言葉を聞いたセレスティーヌは、驚いてしまう。そんな大切な物、私なんかが持っていていい物じゃない。

それによく見ると、いつもエヴァルドが襟のリボンを留めている指輪だった。

「エヴァルド様、そんな大切な物、私が持つ訳にはいきません。それにこの指輪、いつもリボンを留めている指輪じゃないですか」

セレスティーヌが、はっきりと断る。だけどエヴァルドは、セレスティーヌの手首を優しく摑み、もう片方の手で指輪を強く握らせた。

「よく気づきましたね？　やっぱり尚更、セレスティーヌが持っていてください。またこの国に帰ってきてくれますよね？」

驚いた顔から心配そうな表情を浮かべたエヴァルドが、セレスティーヌに言う。

「もちろんです。私、この国で半年間過ごさせていただいて、とても楽しかったんです。誰かの目を気にせずに好きなことができて。久しぶりに空気を沢山吸えた気がしました。インファート王国にいた時はわからなかったけど、ずっと息苦しさを感じながら生活していたのかもしれません」

セレスティーヌは、エヴァルドの手をじっと見つめながら答える。エヴァルドの手を払いのけることができない。

「なら安心しました……。でも一応、もう一度会えるお守りとして持っていてください。もし、帰ってこられない状況になったら私が返してもらいに伺います」

いたずらを仕掛けた子供のように、エヴァルドが笑う。

最近のエヴァルドは、色々な表情を見せてくれるようになった。どんどん素敵な男性になっていく。

その変化をそばで見ていたセレスティーヌは、胸に言いようのない黒い渦のような感情が巻き起こる。

この笑顔を、独り占めしたいと思ってしまうのだ。そんな資格は自分にはないとわかっていながら……。

「セレスティーヌ?」

俯いてしまったセレスティーヌに、エヴァルドが優しく声をかける。

セレスティーヌは、今まで考えていた思考を無理やりに心の奥底にしまい込む。大袈裟なほどの笑顔を、エヴァルドに向けた。

ホッとしたように、エヴァルドが優しい笑顔を零す。そして、セレスティーヌに、忘れられない言葉を残した。

「今度会った時に、伝えたいことがあります。だから必ず帰ってきてください」

そして次の日、セレスティーヌは娘二人を連れてインファート王国に戻っていった。

インファート王国に戻ってきたセレスティーヌは、ブランシェット公爵家の屋敷にお世話になることになった。

さすがに、離婚した妻が滞在するのは外聞が悪いのでは？　と遠慮したのだが……。

子供たちが許さなくて結局、ブランシェット家に滞在することになった。エディーは、相変わらず別宅にいて殆《ほとん》ど本宅には現れない。

しかし、今までとは事情が変わっていた。エディーの愛人たちは、新しく妊娠した男爵家の令嬢を残して、皆別宅を去っていた。

セレスティーヌがブランシェット家を去る際に、エディーに言われてはいたが、本当に皆が実行に移しているとは思わずにびっくりしてしまう。

今まで、子供の母親たちは何度愛人が入れ替わろうが、エディーの元を離れる女性はいなかったから。

セレスティーヌが、子供の母親たちが別宅を去った後はどうしたのか気になったので聞いてみると……。

ミカエルの母親以外は、全員新しい恋人を見つけてそちらで幸せに暮らしているらしい。皆何て頼もしい人たちなのだろうと、セレスティーヌは驚愕する。

子供たち曰く、あの父親と二〇年も一緒にいれば男性へ取り入るのは容易《たやす》いのだとか。常に他の女性と愛情を争っていたので、我慢強いし包容力がある。そんな女性の元に、妻とうまくいっていない男性がいたらすぐに落とされる。

そう子供たちが言っているのを聞くと、自分たちの母親を客観的に見ていてみんな大人になったのだなと感心する。

それに決して、嫌っている訳でもなさそうで安心した。それなりに距離を保ちつつ、ただの交流は維持している。理想的な関係を維持していて良かった。

ただ、ミカエルの母親だけは彼を頼りにしているようだ。ミカエルに用意させた小さな屋敷に、一人で悠々自適に暮らしている。

それはミカエルの責任で、ブランシェット家に迷惑がかからない範囲でやらせているのだとレーヴィーが言っていた。

セレスティーヌは、将来ミカエルにとって重荷にならなければいいなと思う。自分だったら、子供の世話になりながら暮らしていくのはちょっと気が引ける。親子だけれど、それぞれ自立した関係が一番望ましい。

帰ってきてからもミカエルとは会っていない。レーヴィーが、ブランシェット家に立ち入り禁止にしている。

リディー王国に行くのも、セレスティーヌに受け入れられなかったら、即帰ると約束していたと後になって聞いた。

兄二人で、母親に言われた言葉をしっかり考えろと言い聞かせ、わかるまで母親には会わせないと宣言したそうだ。

セレスティーヌは、帰ってきてからアクセルとレーヴィーにも色々と話を聞いた。概《おおむ》ね、セシーリアが言っていたことと同じだったが……。

ミカエルのことは心配だったが、兄二人が任せてくださいと言ってくれたので信じることにした。こうなってしまった以上、自分にできることは何もないように思えたから。

ブランシェット家でこちらの状況を把握した後は、自分の実家であるフォスター家にも顔を出した。

第八章 インファート王国

セレスティーヌは、久しぶりの馬車の旅をしていた。二年ぶりに、実家のあるフォスター領に戻っている。

エディーと離縁するまでは一年に一度、必ず訪れていた。しかし去年は、離縁の手続きで忙しく帰らずじまいだった。しかもそのままインファート王国を出てしまったので、両親や兄に怒られるだろうと少し緊張していた。

それでもやはり、故郷に帰ってくるというのは特別なものがある。既に、セレスティーヌがフォスター領を出てからの方が長いはずなのに、どこか懐かしくてホッとする。

「一人で帰るのは、そういえば初めてなのかも……」

セレスティーヌは、窓の外の景色を見ながらポツリと呟いた。アクセルとレーヴィーがまだ小さかった頃に、初めて里帰りをしてからずっと実家に帰る時は子供たちが一緒だった。馬車の中はいつも賑やかで、楽しい思い出が蘇《よみがえ》ってくる。

実家に帰る馬車の中が一人きりで、何だか不思議な気分だ。エディーが去年、新しく子供が生まれるなんて言わなかったら、きっと一人で実家に帰るのはまだまだ先だったはず。

それに、リディー王国に行くこともなかった。それは、オーレリアやマーガレットに会えなかっただけでなく、エヴァルドやアルバートにも会えなかったことになる。そんなこと、今更考えられない。

セレスティーヌにとって、この一年は自分の人生の中でかけがえのないものになっていた。子供たちとの生活が、人切ではないということじゃない。それとは違う、新しい大切なものを見つけたのだ。

セレスティーヌの中に、大切だと思えるものが沢山増えた一年だった。それを両親や兄にうまく説明できればいい。セレスティーヌは、馬車の外を見ながらそんなふうに考えていた。

二日間に及ぶ馬車の旅も終わり、もうすぐフォスター領に到着する。窓の外は、もう懐かしい景色ばかりだ。

この丘を登ると、フォスター家の屋敷が見えてくる。セレスティーヌは、子供に戻ったみたいに両親に怒られるのが嫌だなと身構えていた。

それでも、馬車の窓にフォスター家の屋敷が見えてくると嬉しさが込み上げる。帰ってきたのだと心が弾む。

馬車が屋敷の前に到着すると、誰かが玄関の外に出てきた。きっと、今か今かとセレスティーヌの帰りを待ちわびていた両親が、馬車の音を聞きつけて外に出てきてくれたのだ。

セレスティーヌは、胸をドキドキさせながら馬車の扉を開けた。

すぐに外に出てきた両親の姿が目に入る。たった二年会わなかっただけなのに、もう長いこと会っていなかったみたいに胸に込み上げてくるものがあった。

「セレスティーヌ！」

父親が、手を挙げて名前を呼んでくれた。セレスティーヌも手を振ってその声に応え、噛みしめるように両親の元に歩いていった。

「おかえりなさい、セレスティーヌ」

母親が、笑顔で迎えてくれた。セレスティーヌは、その笑顔に癒される。いくつになったって、母親の笑顔は特別なのだ。

「ただいま戻りました、お母様。みんな変わらずに元気ですか？」

セレスティーヌも笑顔で、返事をする。

「ええ、みんな元気よ。カールもソフィーもあなたを待っているわ」

母親は、ふふふと笑いかける。意味深な笑いで、セレスティーヌは戸惑ってしまう。

「やっぱりお兄様、怒っているのかしら？」

セレスティーヌは、我慢できずに聞いてしまう。

「それはそうよ。私たちだってさっきまで、何て言って叱るか考えていたくらいだもの。でも、あなたが拍子抜けするくらいすっきりした顔で馬車から出てくるから、もう何も言えなくなったのよ」

母親が、呆れたように零す。セレスティーヌは自分ではわからないが、やはり少しは変わったのだろうか？

「まあ、疲れただろう？　話は、屋敷に入ってゆっくり聞くよ。ゆっくりしていけるのだろう？」

父親が、セレスティーヌを屋敷の中に促してくれる。確かに久しぶりの馬車の旅で疲れていたので、父親の言葉がありがたい。

「そのつもりで来たわ。やっぱり故郷ってホッとする」

セレスティーヌは、そう言って両親に笑顔を向けた。その笑顔を見た両親は、嬉しそうに頷いた。

屋敷の中に入ると、いつも家族が集まる居間に通される。既に執事から伝達があったのか、仕事中のはずの兄と妻のソフィーが待っていてくれた。

「おかえり、セレスティーヌ」

兄が、何か言いたそうな目でぶっきらぼうに言う。その目を見てセレスティーヌは、先に降参した。

「お兄様、勝手に国を出ていったことちゃんと悪いと思っているわ。ごめんなさい」

セレスティーヌは、開口一番謝罪した。兄は、そんなセレスティーヌに呆れたのか溜息《ためいき》をついている。

「何だよ。そんなふうに言われたら、俺が悪者みたいじゃないか！」

兄が、居心地が悪そうに声を上げた。そんな兄を見て、両親やソフィーが笑っている。

「とりあえず、お茶を淹れてもらおう。ゆっくり、セレスティーヌの話を聞こうじゃないか」

父親が、間に入って皆を居間のソファーに座らせる。執事にお茶を淹れるように指示を出して一息ついた。

セレスティーヌは、実家の居間のソファーに腰を下ろして、何とも言えない安心感を抱いていた。

この家は、自分をおかえりって迎え入れてくれる場所。セレスティーヌが帰ってくる場所に間違いなかった。だからきっと自分は、他の場所で生活できるのだ。

お茶の準備が整い、皆の顔はセレスティーヌに注目していた。兄が、我慢できずに口を開く。

「セレスティーヌ、まずは謝らせてほしい。一六歳からずっと、フォスター家の為の結婚を強いてしまった。すまなかった。そして、今まで本当にありがとう」

兄が、立ち上がって頭を下げる。セレスティーヌはびっくりしてしまって、兄に頭を上げるように言った。

「お兄様、やめてください。私だけが大変だった訳じゃないわ。この家だって、私が最初に清貧を心がけてって言ったばっかりに、ずっと最低限の暮らししかしてないじゃない。もう何も気にする必要ないから、余裕のある暮らしをして」

セレスティーヌは、ずっと気になっていたことを口にした。フォスター家の為に頑張ったのは、セレスティーヌだけじゃないってもうわかっている。

「それは、別にセレスティーヌに言われたからとかではなく……。貴族として当たり前のことだ。それよりも、セレスティーヌが国を出ていく必要はなかったんだ。いつでも帰ってこいと言っていたはずだ」

兄が、辛そうな顔をしている。自分が不甲斐ないばかりに妹に辛い思いばかりさせていると思っているようだった。

「お兄様、違いますわ。私、今の生活がとっても楽しいの。リディー王国に行かなかったらなんて、今ではとても考えられません」

セレスティーヌはそう言って、リディー王国での暮らしぶりを家族に話して聞かせた。

皆、一様に驚いたり質問をしたり話が尽きない。

「しかし、公爵家のお世話になっているだなんて……。しかもグラフトン公爵様は、未婚なのだろう？　どういう関係なんだい？」

父親が、疑問を呈する。

「私も最初は驚いて、こんなに長くお世話になるつもりなんてなかったのだけれど……。

手頃な屋敷さえ見つかったらすぐに出るつもりなの。それに、グラフトン公爵様とは特別な関係とかではないわ。だって、子爵家の娘であることもそうだけど、婚姻歴があるのよ。公爵家の当主と釣り合うはずがないでしょ？」

セレスティーヌが、必死に説明する。家族は、顔を見合わせてそれぞれ何か言いたそうだったが口を噤んだ。今までの境遇を思うと、必死に否定するセレスティーヌの姿が何かを隠したがっているように見える。だから、今はまだそっとしておこうという家族の見解の一致だった。

微妙な雰囲気になってしまったので、父親が話を切って別の話題に切り替える。

「今セレスティーヌは、マーガレットって子の家庭教師をしているのかい？」

そう言って父親は、お茶を一口飲んだ。

「そうよ。とても利発で可愛い子なのよ。毎日がとても楽しいの」

セレスティーヌは、さっきとは変わってここ数年見せたことがない明るい顔になった。

「家庭教師なんてしなくても生活していけるだろう？　やっぱり、この家に戻ってきた方がいいんじゃないか？」

兄が、心配そうな顔をする。

「もう、だから楽しいの。ここに戻ってきて私何をするのよ？　毎日、何もしない生活ってつまらないじゃない。それに、リディー王国だと誰も私のことを知らないから楽なの。

ただの、セレスティーヌ・フォスターでいられるの」

セレスティーヌが、兄に一生懸命反論する。

「そんなに、こちらでの生活が辛かったの？」

今度は、母親が辛そうな顔をしている。

「この国にいる時はそこまでわからなかったけど、出てみて実感したの。ブランシェット家のプレッシャーとか世間の目とか凄く重かったんだって」

セレスティーヌは、正直に話して聞かせた。家族に自分のことをわかってもらえるように、丁寧に話をするしかないと思っていたから。

「そう……」

母親が、悲しそうな顔で呟く。

「でも私、思ったの。フォスター家っていう実家があるから、好きな所に行けるんだって。帰ってくる所があるから、安心して新しい生活が始められるんだって。離れてわかるの。故郷って特別な所なんだって」

セレスティーヌが、瞳を輝かせて説明する。フォスター領は、セレスティーヌにとってずっと大切で特別な場所なのだと。

「わかった。辛くなったり、寂しくなったらいつでも帰ってくればいい」

兄が、セレスティーヌの話に納得してくれたのかそれで話を締めくくった。

「お兄様、ありがとう。いつか、みんなにもリディー王国に遊びに来てほしいわ。みんなが遊びに来られるように、きちんと準備をしておくから！」

セレスティーヌは、笑顔でそう話す。家族たちは、それぞれ思うことはありそうだったがセレスティーヌの気持ちを優先してくれた。

その後は、セレスティーヌが持ってきたお土産《みやげ》をみんなに配り、久しぶりの家族団欒《だんらん》を楽しんだ。

フォスター家の領地から帰ってきたセレスティーヌは、レーヴィーの爵位の継承を祝うパーティーとセシーリアの結婚式の準備に追われていた。日が経つにつれ、早くリディー王国に帰りたいと思うようになる。

もう、セレスティーヌにとって、リディー王国の方が帰る場所なのだと感慨深い。

エヴァルドとは、頻繁に手紙のやり取りをしている。会えなくなってからセレスティーヌにとって、エヴァルドがどれだけ大きな存在だったのかを知ってしまう。

最後に言われた一言が、気になって仕方がない。バルコニーに出て夜空を見上げると、会いたいと思う。あの穏やかで、優しい声が聴きたいと思ってしまう。

エヴァルドに託されたエメラルドの指輪は、チェーンを通して首からぶら下げていた。いつもエヴァルドを感じられるように。

もう自分を誤魔化しきれなくなっている。この思いが、恋なのだとしたら自分はどうしたらいいのだろう……。

セレスティーヌの胸に秘めている思い。それは、もう子育ては遠慮したいということ。誰かと再婚したとしても子供は望みたくなかった。それに年齢的にも難しい。だから、誰かと再婚することになっても子供がもう必要ない人の元へと考えていた。セレスティーヌにとって、公爵家の当主だなんて一番縁遠い人だ……。

世継ぎを残さなければいけない人を好きになるなんて……。どうすればいいのかわからない。

そんなことばかり考えていたからか、セシーリアに気づかれてしまった。

「お母様、最近どうしたの？　何だかいつも溜息ばかりよ？」

一緒にリビングでお茶を飲んでいたら、そう言われてしまった。

セレスティーヌは、無意識に溜息をついていたらしい。これでは駄目だと姿勢を正す。

「ごめんなさい。大したことじゃないのよ。しっかりしないと駄目ね」

セレスティーヌが、セシーリアに答える。

「もう、お母様はすぐにそうやって溜め込む。お母様だって、たまには弱音を吐いたっていいのよ。もしかして、グラフトン公爵様が恋しくなってしまわれたとか？」

セシーリアが、冗談交じりに聞く。セレスティーヌは、図星を突かれて動揺する。

「ちっ違うわよ。そんなんじゃないのよ」

セレスティーヌは、お茶を飲みながら誤魔化す。セシーリアは、冗談で言ったつもりがどうやら図星だったようだと気づく。

「何だ、会えなくて寂しいだけですか……。なら良かった。みんな何かあったのかと心配していたんですよ」

セレスティーヌは驚く。まさか子供たちみんなに心配されていたとは……反省する。

「そういうのでは、ないのだけど……。でも、心配するようなことじゃないから大丈夫よ」

セシーリアは、呆れる。こんなにわかりやすいのに、まだとぼける気なのかと。

「お母様……。別にお母様に好きな人ができたからって、誰も反対しないですよ。むしろ、みんな賛成で応援しますよ？」

セレスティーヌは、下を向いて暫く考えていた。そして、ポツリと弱音を漏らす。

「だって……。違うのよ。私、相応しくないのよ……」

セシーリアは、それを聞いて嬉しく思った。やっと弱音を吐いたなと。

「お母様。何が相応しくないのかわかりませんが……。きちんと相手に聞いてみるべきですよ。都合を考えて恋なんてできないです。グラフトン公爵様は、話し合える人でしょう？」

セレスティーヌが、顔を上げる。びっくりした顔をした。

「セシーリアは、婚約者の方と話し合っているの？」

セシーリアが頷く。

「私、婚約者とは嫌なこととか、好きなこととか、やってほしいこととか何でも話し合っていますよ。私、結構我儘だから、窘められることだってあるけど……。その時はムッとするけど、時間を置くと納得できるんです。そういう関係が、私好きなのですわ」

セレスティーヌが、セシーリアの言葉を聞いて考え込んでいる。

自分一人で決めつけていたけど……。この思いを話してみてもいいのだろうか……。でも、セシーリアの場合二人は好き合っているからで……。思考が堂々巡りになる。

「でも、セシーリアの場合は好き合っているからできることじゃないの？」

セシーリアが、お茶を口に運ぶ。そして、にっこり笑顔で答える。

「じゃあ、お母様の場合は、好きですって告白するところからですわ」

告白……。セレスティーヌは思ってもみなかったことを言われて放心する。自分が告白するなんて、考えてもみなかった。

でも確かに、エヴァルドが自分のことを好きかどうかもわからない。それなのに、子供がと考えるだけ無駄なのでは？　と思うと恥ずかしくてたまらない。

自分に告白なんてものができるのか疑問だったが、まずはそこからだと思うと何だか心が軽くなった。

「セシーリア、ありがとう。子供にアドバイスをもらうなんて何だか恥ずかしいわね」

セレスティーヌが、頬を赤らめながら言う。

「だって、恋愛面では私の方が先輩なのだから仕方ないのではなくて？」

セシーリアが茶目っ気たっぷりに言った。セレスティーヌは、確かにと思うと笑いが込み上げてくる。

「ふふふ。確かにそうね」

そう言って、二人で笑い合った。


それは、突然の出来事だった。

いつものように、応接室で子供たちとパーティーの打合せをしていた。応接室の扉が、バタンと大きな音を立てて開いたかと思うと、飛び込んできたのは髪を乱したエディーだった。

「セレスティーヌ！　助けてくれ」

応接室にいた全員が驚いて、何事かとエディーを見る。

エディーは、セレスティーヌを認めると彼女に向かってツカツカと歩いてきた。そしてセレスティーヌの手を摑んで必死の形相で懇願した。

「僕は、皆がいた元の生活に戻りたいんだ！」

セレスティーヌは、突然のことで驚き大きな声を上げてしまう。

「ブランシェット公爵様、落ち着いてください。手を離して」

一緒にいたレーヴィーも割って入ってくる。

「父上、落ち着いてください。突然どうしたんですか？」

エディーは、仕方なくセレスティーヌの手を離す。

「アナが、僕をずっと監視していて離してくれないんだ。こんな生活、気がどうかしてしまうよ！」

セレスティーヌは、エディーに何が起こっているのか要領を得ない。レーヴィーの方を見ると、溜息をついている。

「父上、自分が愛人にした女でしょうが……。僕たちは、知りませんよ」

エディーが、なおも訴えかける。

「こんなはずじゃなかったんだ。今まで、どんなに好き勝手していたって、こんなことにならなかったじゃないか。どうしてなんだ……」

セレスティーヌは、その様子を見てとにかく話を聞かなければ始まらないと、エディーを落ち着かせた。

「ブランシェット公爵様、とにかく話を聞きますから座ってお茶でも飲みましょう」

エディーが、セレスティーヌにすがるような目を向けて頷く。彼が渋々ソファーに腰かけたので、執事に全員分のお茶を淹れてもらった。皆、お茶に口を付けて一息つく。

セレスティーヌがエディーの方を見ると、少し落ち着いたのかティーカップの中のお茶をじっと見つめていた。

その場にいたのは、セレスティーヌとレーヴィーとセシーリアだった。

レーヴィーは、やれやれといった雰囲気で呆れている。セシーリアは、嫌悪を露《あら》わにして冷めた目で父親を見ていた。

セレスティーヌが、落ち着いた声で話しかける。

「それで、ブランシェット公爵様一体何があったんですか？　最初から話してください」

エディーが、俯いていた顔を上げて皆の顔を見回した。そして最後にセレスティーヌを見る。

「君は、僕のことをそんな堅苦しい呼び方でしか呼ばないんだね」

エディーが苦笑を浮かばせて呟く。

セレスティーヌは、相変わらず仕方ない人だなと思う。久しぶりに会って言うことがそれなのかと……。

「もう夫ではないのですから、呼び方も変わります」

そうかとエディーが小さく呟いて、諦めたのか先ほどの理由を説明し始めた。エディーの話を聞くに、どうやら新しい彼女のアナという女性に手を焼いているようだ。

彼女とは、いつものようにフラッと出かけた夜会で出会った。庭園で悲しそうに一人で佇んでいたところを、エディーが声をかけた。

話を聞いてあげると、好きでもない相手と結婚させられそうで、どうすればいいのかわからないと相談される。

かわいそうに思ったエディーが、僕のところに来るかい？　と誘ってしまった。アナは、目を輝かせて喜んで次の日には別宅にやってきた。

最初のうちは、他の彼女たちに気を遣って大人しくしていたらしいが段々と屋敷内での発言が増していった。

今までの彼女たちは、同じ屋敷に住んではいたが、一定の距離を保って暗黙のルールを守りながらうまくやっていた。

それなのに、アナが無視して好き勝手なことを始める。エディーも段々と他の彼女たちから、苦言を呈された。

しかしエディーは、まだ若いし慣れない屋敷で良かれと思って色々言っているだけだと流してしまった。

それが悪かったのだと気づいた時には、既に遅かったのだとエディーも反省していた。

妊娠のことも、エディーは子供を作るつもりはなかった。そのことはきちんとアナにも伝えていたのに、気をつけていたはずなのにできてしまったのだとエディーが零す。

妊娠したと気づいた頃には、屋敷の中の雰囲気が変わってしまっていた。応接室やリビングといった共用スペースは、昔のままの調度品で統一していたはずなのに、それもアナが好きなように変えてしまった。

あたかも、この屋敷の女主人は私なのだというような振る舞いをした。さすがのエディーも、これはいけないと注意をしていたがその度に泣かれて、その時は反省するので許さざるを得なかった。

しかしその繰り返しで、全く聞く耳を持ってくれないのだと憤る。

アナの暴走を止められないまま、セレスティーヌには離縁され他の彼女たちも嫌気が差し、一人ずつ去っていってしまったのだと寂しそうに話す。

そして現在のアナは、自分一人になった屋敷全体を好きなように変えてしまった。エディーのことも、他の彼女ができないように一人では外出させない。

もう子供も生まれて子育てに忙しい時期のはずだが、それは自分でどこからか探してきた乳母に任せきりにしている。

エディーは、常に監視されて何をするにもアナと一緒。今まで、好き勝手生きてきた彼には辛すぎる生活だった。

「もう、アナとは別れたいんだ。でも、子供もいるしあの屋敷から出ていってくれないんだ」

エディーが、切羽詰まった表情でセレスティーヌに訴えかける。話を聞いたセレスティーヌは呆れてしまう。

色々と突っ込みたい事柄がありすぎる。疑問に思うこともいくつかあった。レーヴィーを見ると先ほどと変わらず、呆れた顔をしていた。

「レーヴィーは、このことを知っていたの？」

セレスティーヌが、疑問に思って聞いた。

「もちろんですよ。次期ブランシェット公爵になるのに、父上の事情を知らずにいることはできませんでしたからね」

レーヴィーだから知っていると思ってはいたけど、放置していたのはなぜ？　とセレスティーヌは訝しむ。

レーヴィーなら、こうなる前にどこかで手を打っていてもおかしくないのに……。

「なぜ、放置していたの？」

セレスティーヌが、そのまま聞いた。

「そもそも今回だけ、なぜこんな事態になっているか、父上は全くわからないんですか？」

レーヴィーが、うんざりした様子で訊ねる。

「わからないから、困っているんじゃないか……」

エディーが、弱々しく返答する。

レーヴィーが、はぁーと大きな溜息をついて説明を始めた。

今までは、おばあ様が愛人の選定を行っていたから平和にやってきたのだと話し出す。

エディーが好きに彼女たちを連れてきたと思っているようだが、裏で母親が女性たちを選定していた。

エディーが困らないように、様々なルールを作って守るように契約書も書かせている。守らないようなら、即別宅から追い出されるようになっていた。

その代わり産んだ子供共々、不自由な生活はさせないという約束になっていた。

だから外から見たら理不尽な扱いを受けているように見えるが、エディーの愛人たちはきちんとルールを守り問題を起こさずに今までやってきていたのだ。

振り返ってみればエディーの愛人たちの中には突然、屋敷から出ていった者がいる。それに、エディーが口説いて別宅に来るはずだった令嬢が、やはり無理だと断られたケースがいくつかあるはずだと言う。

今まで、エディーは自分の母親の手の中で好き勝手していただけだったのだ。

それが母親の関心が息子から離れて、夫と念願の暮らしができるようになり今までのような監視をしなくなった。

だから、アナのような質《たち》の悪い女に捕まってしまったのだとレーヴィーが説明した。

「お父様って、女性でトラブルないから凄いと思っていましたけど、おばあ様のお陰だっただけなのね……」

セシーリアが、冷めた口調で言う。

エディーが、愕然とした表情で放心している。

「僕は、どうしたらいいんだ……」

セレスティーヌは、レーヴィーの話を聞いてやっぱりかと思う。

エディーの愛人のことは、セレスティーヌはわざと関わってこなかった。恐らく、自分の時のように義母が関わっているのではないかと薄々思っていたから。

正直、ブランシェット家のことや子育てが忙しくて、愛人問題まで手に負えなかった。

それに女性問題で苦労している義母が、同じような過ちを息子にさせると思わなかったから。

でも結局、自分の欲求が叶《かな》えば息子はどうでもいいのかとエディーに同情の目を向けた。

この人は、かわいそうな人だな……。

「ブランシェット公爵様は、もうその女性とうまくやっていくしかないのでは？　一人の女性を真剣に愛してみてはいかがですか？」

セレスティーヌが、憐憫《れんびん》の情を向けて話す。エディーが、顔を上げた。

「あんな女を愛するなんて無理だよ。我儘ばかりで、屋敷も居心地が悪い空間になってしまったし……」

いつも笑顔を絶やさないエディーが、嫌悪感を忍ばせて憤っている。こんな顔を見るのは、初めてだなとセレスティーヌは思った。

「それでも、自分が連れてきた女性に変わりありません。今まで取ってこなかった、自分の行動に対する責任を取る時なのでは？」

セレスティーヌが淡々と説く。突然エディーが立ち上がって、セレスティーヌの前に跪いて手を握る。

「セレスティーヌ！　お願いだよ。もう一度結婚して、セレスティーヌと一からやり直したい。僕には、あんな女じゃなくてセレスティーヌが必要だったんだ」

セレスティーヌは驚く。今更それはないと。それに、そんなことこれっぽっちも思ってないだろう。自分に、アナの後始末をつけてもらいたいだけだと透けて見える。

「ブランシェット公爵様……。そんなことができる訳ありませんよね？　泣こうがわめこうが、ブランシェット公爵様が毅然《きぜん》とした態度で臨むしかありません。きっと時間が経てば、子供じゃないのだしわかってくるのではありませんか？」

セレスティーヌは腕を払う。都合の良いことばかり言われ、ムッとする。

「父上、見苦しいですよ。いい加減、大人になってください。自分が蒔《ま》いた種です。いい機会なのでお伝えしますが……。別宅も、私が継ぎ次第封鎖します。父上には、領地の方に屋敷を建てさせましたので、そちらで隠居していただきます。ブランシェット家は、僕の代で変わりますから」

レーヴィーが、冷たく父親に吐き捨てる。エディーは、どうにもならない状況に項垂《うなだ》れる。

「お父様が遊び暮らすのも、いい加減終了ですわ。その女性と向き合ったら、案外幸せに暮らせるかもですわよ。頑張りあそばせ」

セシーリアが、面白そうに笑みを浮かべている。

エディーには、それ以上子供たちを説得する術《すべ》がないのか、諦めた面持ちで自室に下がっていった。今日だけは、別宅に帰りたくないと言い残して。


エディーが部屋を出ていった後は、レーヴィーもセレスティーヌもセシーリアも話し合いを続ける気になれず解散になった。

セレスティーヌは疲れてしまったので、夕食を食べると早い時間に自分の部屋に戻ってゆっくりすることにした。夕飯時に、エディーは現れなかったが誰も何も言わなかった。

さっきのことがあったので、そっとしておくことにした。

部屋に戻ったセレスティーヌは眠る気になれずに、本を読んでいると扉をノックする音が聞こえる。

「はい？」

セレスティーヌは、訪れる者に心当たりがなく返事をした。

「少し、いいだろうか？」

声の主は、エディーだった。こんな時間に何の用だろうと、セレスティーヌは訝しみながら、座っていた椅子にかけてあった上着を着込む。

仕方なくセレスティーヌは、扉を開けた。開けた瞬間、エディーが体を部屋の中に滑り込ませてきた。

「ブランシェット公爵様、勝手に部屋に入られては困ります！」

セレスティーヌは驚きと共に、嫌な予感がして強い言葉になってしまった。だが、セレスティーヌの言葉を聞いていないのか、エディーが彼女の両腕を掴んで迫ってきた。

「セレスティーヌ、やはりもう一度やり直したいんだ。一晩一緒に過ごせば、今までとは違う気持ちが生まれるかもしれない。だって、僕たちは何も始まっていなかったじゃないか。異性として通じれば、僕に対する感情が変わるかもしれない」

セレスティーヌは、何を言われているのか理解できなかった。ただわかるのは、嫌悪感のみ。勝手に部屋に入ってきて、意味のわからないことを捲《まく》し立てるエディーに恐怖を覚えた。

「やめてください。そんなことしても何も変わりません。寧ろ嫌悪感しかありません！」

セレスティーヌが必死に抵抗して、腕を離してもらおうと振り払うがびくともしない。

「そんなのやってみないとわからないじゃないか。言葉じゃ、僕では伝えきれないいんだ」

そう言うエディーにセレスティーヌは抱え上げられ、ベッドの方に運ばれてしまう。必死に抵抗して下ろしてもらおうともがくが、男の人の力に敵わない。

「旦那様、本当にやめて！　人を呼びますよ！」

セレスティーヌをベッドに下ろすと、エディーが上に覆いかぶさってきた。セレスティーヌは、何とかヘッド部分に後ずさる。

エディーが、やめてくれる気配がなくどんどんセレスティーヌの方に迫ってくる。

「ねえ、セレスティーヌ。僕は、これが一番平和な解決策だと思うんだ。帰ってきてほしいんだよ。お願いだよ、僕のこと好きになって」

そう言って、セレスティーヌの顔にエディーの顔が近づいてくる。耐えきれなくなったセレスティーヌは、エディーの頬目がけて力の限り手を振るった。

ッッバッチーン!!

「いい加減にして!!　私を何だと思っているの！　私は、貴方のお守り役でも母親の代わりでもない！」

そう言い放つと、叩かれたことに驚愕したのか、言われた言葉に衝撃を受けたのか、エディーが頬を押さえながら放心してしまった。

その隙に、セレスティーヌが、サイドテーブルに置いてあるベルを鳴らす。するとすぐに、侍女のカミラが駆けつけてくれた。

「奥様、いかがなさいました?」

扉を開けて入ってきたカミラは、言葉を発しながらセレスティーヌの目の前にいるエディーを見ると驚きを露わにした。

「カミラ、お願い。誰かすぐに呼んできて!」

カミラは、異常を察してわかりましたと答えると、踵《きびす》を返して誰かを呼びに行った。

セレスティーヌがエディーに視線を戻すと、涙を流していた。

「だって……。もうどうしていいかわからないんだ。セレスティーヌしか、僕を助けてくれる人がいないいんだよ」

エディーが縋るような眼差しで、セレスティーヌを見ている。その瞳を見たセレスティーヌは、沸々と怒りが湧き上がる。

「旦那様は、今まで嫌なことからずっと逃げて生きてきたんです。好きなことだけして。でも人生って殆どは、嫌いなこと、やりたくないことからできているんです。みんなそれを必死でこなしながら生きてて。時にそれが実を結ぶ瞬間があって、そこに幸せを感じるものなんです。旦那様は、誰かにいつまでも頼らないで、自分の力で何とかすることを覚えてください!」

セレスティーヌが、今までずっと思っていたことをぶつける。

「そんなこと言われても、僕には無理なんだよ。そんなふうにできないよ」

この期に及んで、弱気なことばかり吐くエディーに怒りが爆発する。

バシン!!

エディーの頬をもう一度、叩く。

「できるできないじゃない！　やるかやらないかなんです！　やったらやったように、できるんです。そうやって積み重ねて、大人になっていくの。私はずっとそうやってきたの。軽々しく、できないなんて口にしないで！」

セレスティーヌの握りしめている拳が、感情が高まりすぎて震えている。目には涙が浮かんでいた。

バタバタバタと、誰かが駆けてくる。

「母上！」

部屋に駆け込んできたのは、レーヴィーだった。レーヴィーもう、寝る準備をしていたのかとてもラフな格好だ。

「レーヴィー、悪いんだけどこの人を部屋に連れていって。それで今日はもう、部屋から出ないように誰かに監視させて」

セレスティーヌは、落ち着こうと必死で感情を抑える。

部屋に入ってきたレーヴィーは、珍しく驚いた表情をしていた。父親は、母親のベッドの上で頬を赤く腫らして涙を流している。

母親は、目に涙を浮かべながら興奮を収めようと肩で息をしていた。

「父上、何をしているんですか！　こんなことを許した覚えはありません！」

レーヴィーが、父親に近づいてベッドから下りるように促す。

エディーは、セレスティーヌに言われたことがわかったのかわからなかったのか、表情からは察することはできなかった。

ただ、ボロボロと涙を零して泣き続けていた。

それでも、もう観念したのか大人しくレーヴィーに従ってベッドから下りて扉に向かって歩く。

扉の前まで行くと、ゆっくりと振り返りセレスティーヌを見て言った。

「セレスティーヌ、悪かったね」

それだけ言うと、大人しく部屋から出ていった。

「母上、大丈夫ですか？」

レーヴィーが、セレスティーヌを気遣わしげに見やる。

「大丈夫。ここはいいから、お父様についていって」

セレスティーヌが、レーヴィーにお願いした。レーヴィーは、心配そうにしながらも父親の出ていった後を追っていった。

それとすれ違いに、カミラが部屋に入ってくる。

「奥様、大丈夫ですか？」

カミラが、憤悶《ふんもん》の表情を浮かべている。

「大丈夫よ。大丈夫。レーヴィーを呼んできてくれてありがとう」

セレスティーヌは、上着の胸元を握りしめながら呟いた。


あの騒動が起きてから、一週間が過ぎた。

パーティーと結婚式の準備は殆ど終わり、あとはセレスティーヌがいなくても大丈夫なところまできた。

このへんで、一度リディー王国に帰ろうかと子供たちに話をした。

あの事件でセレスティーヌは、自分の気持ちを自覚した。エディーに迫られて、絶対に嫌だと思った。助けてと頭の中に思い浮かんだのは、エヴァルドの顔だった。

今までずっと、恋なんて知らなかった。好きという気持ちが、どんなものなのかわからなかった。

この家で改めて生活してみて気づいたことがある。結婚してからの二〇年間、きっとセレスティーヌには心の余裕なんて全くなかったのだ。

エディーに放った厳しい言葉は、セレスティーヌの抱えていた想いそのものだった。

一緒に生きていくのなら、エディーなんかじゃなくてエヴァルドがいいと思った。

セレスティーヌが一緒にいて、幸せにしたいと思えるのもエヴァルドだった。

今までは何とか自分を誤魔化してきたけれど、今回のことで隠しきれない気持ちが露呈した。この気持ちを自覚した今、エヴァルドに会いたくてしょうがない。

あの少し寂しげに笑う顔を、屈託なく笑う顔に変えてあげたい。

そう思ったら、居ても立ってもいられなくなった。準備を急かして、予定よりも早く終わらせた。

あの騒動の翌日、エディーはセレスティーヌにひっ叩かれたのがよほど効いたのか、次の日に皆の前に顔を出すことなく別宅へと帰っていった。

レーヴィーの話だと、エディーなりにアナと向き合って話し合いを続けているらしい。

その度に平行線で、言葉の通じないアナに頭を抱えているみたいだが……。

今まで楽なことしかしてこなかったのだから、いい経験だとレーヴィーは静観している。

セレスティーヌは、ミカエルとも一度話した方がいいと思っていたが、子供たちに言われてしまう。セレスティーヌと結婚したいという考えが変わらないうちは、何を話しても無駄だと。

そしてやっと全ての用事を終えたセレスティーヌは、またあの駅に佇んでいた。

前回と同じように一人で佇んでいると、何て月日の経つのは早いのだろうと感慨に耽《ふけ》る。

あの時と同じように今日の空も、澄み渡っていてとても気持ちがいい。

リディー王国を出てから一カ月弱。何も変わらずに自分を受け入れてくれるだろうかと不安がよぎる。

エヴァルドには、手紙を書いて今日帰ることを知らせている。返事ももらっていて、迎えの馬車を駅に手配するから使ってくださいと記されていた。できれば迎えに行きたいが、あいにく王宮に行く日でそれが叶わず申し訳ないと。

今日、やっと会えると思うと胸の高鳴りを感じる。ドキドキしていて、気持ちが逸《はや》る。人を好きになると、色々な感情が湧いてくるのだと知る。カバンから懐中時計を出して、時間を確認した。

あと一〇分ほどで汽車が到着する。もうすぐだなと、汽車が走ってくる方向に視線を向けた。そうすると、改札の方から誰かが叫んでいるのが聞こえた。

「……セ……レス……ティ……ヌ」

自分の名前を呼んでいるような気がして、セレスティーヌは声のする方に目をやった。

すると、目に飛び込んできたのはミカエルだった。

「ミカエル……」

セレスティーヌが、ポツリと名前を口にした。一瞬、迷ってしまう。このまま、どこかに紛れて会わずに行ってしまおうかと……。

それでもセレスティーヌは、やはり会ってからリディー王国に行こうと決める。

「ミカエル！」

セレスティーヌが、ミカエルに向かって叫ぶ。ミカエルが、すぐに気がつき自分の元に駆け寄ってきた。

「セレスティーヌ！　会えて良かった」

ミカエルが、はぁはぁと息を切らせる。

「どうしたの？　お兄様たちに教えてもらったの？」

セレスティーヌが訊ねると、ミカエルが首をふるふると振っている。誰かにこっそり教えてもらったみたいだった。

「全く。お兄様たちに知られたら、また怒られるわよ」

セレスティーヌが呆れながらも、一生懸命走ってきたミカエルが何だか可愛い。仕方ないなと思いながら、ハンカチで汗を拭ってあげた。

「どうしても、もう一度会って話がしたくて……」

ミカエルが、この前とは違って大分落ち込んだ面持ちで答える。

「良いわよ。汽車が来るまでの間だけよ」

セレスティーヌが、笑顔で返答した。

「セレスティーヌ……。ごめんなさい。僕の行動がセレスティーヌから見て、どう思うかなんて考えたことなかったんだ……。セレスティーヌに認めてもらいたくて、そのことに必死で子供だったんだと思う」

ミカエルが、泣きそうな表情で言葉を絞り出している。素直に謝れる、この子の長所は変わらない。三兄弟でいたずらして遊んでいるのを叱った時に、真っ先に謝りに来るのがミカエルだったのを思い出す。

「そう……。でもやっぱり、お母様とは呼んでくれないのね……」

セレスティーヌが、ちょっとだけ寂しそうに聞く。

「それは……。僕は、本当にセレスティーヌが好きなんだ。本当の母親じゃないって教えてくれた七歳の時に、母親じゃなくて僕の好きな女性だと思えることが嬉しかったんだ。だから、それはごめんなさい……」

セレスティーヌが、ミカエルの手を取る。

「ミカエル、私ね、幼い頃に天使みたいな笑顔で、お母様大好きって言ってくれる貴方が大好きだったわ。ミカエル、私じゃなくて誰か一人を大切に愛してあげて。私ね、好きな人ができたの。だからごめんね」

ミカエルが、驚いた表情で目を見開いている。

セレスティーヌが、ミカエルの手を離す。そして、手招きしてミカエルにしゃがんでくれるように促す。

遠くから、汽車のシュッシュッという音が近づいてきているのが聞こえる。

ミカエルが、訳もわからずしゃがんでくれた。

セレスティーヌが、ミカエルの頭にチュッと優しくキスを落とす。幼いミカエルが、謝る度にしていたように――。

「さようなら。会えて良かった」

セレスティーヌは、足元に置いていたボストンバッグに手を伸ばす。

そして、目の前に停まった汽車に乗り込む。後ろを振り向かずに、予約してある個室に向かった。


ミカエルは、一人ただ呆然とホームに佇んでいた。彼も心のどこかでわかっていた。こんなやり方じゃ駄目なのだと。でも、どうしたらいいかわからなかったのだ。

ポッポーという汽笛と共に、ゆっくり汽車が走り出す。

青い澄んだ空に、汽車の白い煙が飛んでいく。シュッシュと音を立てながら、段々と速さを増した汽車がミカエルの目の前を通り過ぎていった。

汽車を見送りながらミカエルは思う。振られたのだと。大好きなセレスティーヌが、ミカエルの告白に向き合ってそしてきちんと振ってくれた。

汽車が見えなくなって、煙だけ残ったホーム。寂しくてやるせなくて、涙が零れて仕方なかった。

第九章　二人の気持ちの行方

セレスティーヌは、前回と同じ個室で窓側の座席に腰かけ、過ぎゆく外の景色を眺めていた。

涙は出てこなかった。寂しさも感じていない。今の感情を言い表すのなら、とてもすっきりした気分だと言える。自分でも驚くくらい、清々《すがすが》しい気持ちだった。

ずっとずっとミカエルのことは、心配していた。だけど幼い頃と同じものをちゃんと持っていた。本来は、素直で優しい良い子なのだ。

二人の兄に任せれば、きっと今からでも間に合う。父親とは違う、素敵な人生を歩んでほしいと心から願う。

リディー王国で見たミカエルは、父親に似て頼りなさそうなフワフワした印象だった。

でも、この短い期間でちゃんと成長してくれた。

本来は騎士なのだ。厳しい訓練を耐え抜いた、逞《たくま》しい男の人だ。

だからセレスティーヌは、もう後ろを振り向かなかった。きっと今は辛いかもしれない。

でも、ミカエルには力になってくれる兄妹たちがいるから大丈夫。

そう思えたら、セレスティーヌの心はリディー王国へと向かっていった。窓の外の景色を見ながら、エヴァルドに会ったらまず最初に何を言おうかと考える。

突然、好きですって言うのは唐突すぎるし……。やっぱり、ただいま帰りましたって言うのが正しいかしら……。

でも自分の家でもないのに、ただいまはおかしいかも……。

色々なことが頭に浮かぶが、正解が何なのかわからない。こんな時は、オーレリアがいてくれれば的確なアドバイスをくれるのに……。

残念だなと思うけれど、こんなふうに一人の人を想う時間も悪くないと笑みを浮かべる。

恋をすると、迷うし悩むし辛いこともある。でも、誰かを想うって幸せなこと。振られることだってあるのはわかっている。

今抱いているこの気持ちを、大切にしたかった。きちんと相手に伝えたい。

二度目の汽車の旅は、一人きりだったけれどずっと考えを巡らしていたからか、思ったよりもあっという間にリディー王国に到着する。

一番早い時間の汽車に乗ってきたので、到着したのは午後の比較的早い時間だった。ボストンバッグを持って、汽車の扉から降りる。

この前と同じように、改札へと向かった。汽車の改札は、他国から来た者と自国の者が通る場所が別々になっている。

自国の者は、切符だけ見せれば通過できるが、他国からやってきた者は簡単な質疑応答がある。

前回通った時は、入国の目的と氏名だった。

アルバート様が一緒にいてくださったので、特に問題なくすぐに通ることができた。だから、今回も心配はしていなかった。

改札に順番に並んでいて、セレスティーヌの番が来る。駅の係員に切符を見せる。

「こんにちは。名前と入国の目的を言ってください」

背の高い男の係員が、笑顔で訊ねてくれた。

「セレスティーヌ・フォスターと申します。インファート王国から友人に会う為にやってきました」

セレスティーヌが、係員に向かって笑顔で答えた。それを聞いた係員は、にこにこしていた表情を一変させる。眉間に皺を寄せ、考え込んでいる。

「セレスティーヌ・フォスター様でお間違いありませんか?」

係員が、セレスティーヌにもう一度確認する。

「はい。間違いありません」

セレスティーヌが、頷く。係員が、申し訳なさそうに言葉を続けた。

「申し訳ありませんが、フォスター様を入国させる訳にはいきません。この国の王宮から、名指しで入国不可の連絡が入っております」

係員が、セレスティーヌが出した切符を差し戻してくる。セレスティーヌは、言われたことが理解できなかった。

入国不可……。どうして？　何でなの？　私、何もしてないわよね……。

「どうしてなんですか？　私、一カ月前までこの国に滞在していたのよ！」

セレスティーヌが、信じられなくて係員に詰め寄る。

「理由は特に記載ないですね……。前回来た時に、何かしてしまったんじゃないんですか？　すみません。後ろの方が待っていますので、ホームに戻っていただけますか？」

セレスティーヌは、切符を受け取り呆然としてしまった。それでも後ろを見ると、まだ数人のお客さんが並んでいる。

仕方なく列から抜け出し、辺りをキョロキョロと見回した。

改札の出口の方を見ると、見知った顔が待っていてくれていた。グラフトン公爵家の執事のテッドだった。

セレスティーヌは、見知った顔を見て動揺する心から少し落ち着きを取り戻す。

テッドに頼んで、エヴァルド様かアルバート様に伝えてもらえばきっと何とかなるわよね……。何かの間違いだもの。

セレスティーヌが、テッドに向かって名前を呼びながら手を振った。テッドがすぐに気づいてくれて、セレスティーヌのところまで来てくれる。

二人は、改札の門を隔てて会話をした。

「テッド、迎えに来てくれてありがとう」

セレスティーヌが、まずはお礼を言った。

「いえ、フォスター様お久しぶりでございます。それより、改札は通られないのですか?」

テッドが、不思議そうに訊ねてくる。

「それがね。なぜだかわからないのだけど、王宮から入国不可の連絡が来ているらしくて通らせてもらえなかったの……」

セレスティーヌが、落ち込んだ様子で答える。

「フォスター様がですか?」

テッドが、驚きながら確認してきた。

「そうなの。セレスティーヌ・フォスターで名指しだったの。私、どうしたらいいのかしら? このままだと、次の汽車でインファート王国にとんぼ返りしないといけないわよね?」

セレスティーヌが、不安そうな表情で説明する。聞いたテッドは、顔をしかめて考え込んでいる。

「わかりました。とにかく旦那様に、このことをお知らせしてきます。次の汽車が出るまでには何とかいたしますので、申し訳ありませんが待っていていただけますか?」

テッドが、きっと何とかします！　と励ましてくれる。

「わかったわ。こちらこそ、迷惑かけてごめんなさいね……」

セレスティーヌが、テッドに頭を下げる。

「とんでもないです。では、急いで行ってまいります」

テッドはそう言うと、踵を返して走って馬車へと去っていった。セレスティーヌは、仕方なくホームにある待合室で待つことにした。


テッドは、急いでグラフトン公爵家に戻ってきた。

今日エヴァルドは王宮に出かけているので、アルバートに指示を仰ごうと部屋をノックする。

「アルバート様、テッドです」

扉越しにテッドが声をかけると、すぐにアルバートから返答があった。

「入れ」

テッドが部屋に入ると、アルバートはソファーに座って煙草《たばこ》をふかしていた。

「セレスティーヌが、着いたのか？」

アルバートが、煙草を灰皿に置き火を消している。

「それが駅に到着はしたのですが、なぜか王宮からの指示で入国不可の扱いを受けて改札を通れないのです」

テッドが、訝しんだ表情を浮かべながら説明する。

「何だそれは？　また王族か！　エヴァルドが、今日をどれだけ楽しみにしていたと思っているんだ！　すぐに、王宮にいるエヴァルドに連絡しろ！」

いつも温厚なアルバートが、声を荒らげて怒っている。テッドにも、緊張感が走る。

「はい。すぐに、王宮に向かいます」

テッドが一礼して、アルバートの部屋を出ようと踵を返したところで待ったがかかる。

「待て。エヴァルドに、こっちのことは心配しなくていいから、自分のしたいように動けと伝えてくれ」

アルバートが、テッドに真剣な眼差しで伝える。意味を汲《く》んだテッドも、深く頷く。

「わかりました。必ず伝えます」

そう言って、今度こそ踵を返してアルバートの部屋を出ていった。

テッドは、馬車に乗りすぐに王宮に向かった。馬車の中で、緊急連絡用の手紙にセレスティーヌの状況とアルバートからの伝言をしたためる。

屋敷から出てくる前に調べた、次発の列車の時間も記入する。発車までの時間がギリギリで、急がなくてはと拳を握った。

王宮に着くと、すぐに来客用の受付へと足を進める。

受付は、王宮に勤める貴族たちの緊急連絡や、突発的な来客を仲介してくれる場所となっている。

テッドが、受付の窓口に声をかけた。

「すみません。グラフトン公爵家の従者の者です」

受付に座って本を読んでいた女性が、顔を上げた。

「はい。何か身元がわかるものはありますか？」

テッドは、グラフトン公爵家の紋章の入った手帳を見せる。

紋章の入った手帳は、基本的にその家の従者しか持てないことになっている。手帳を見た女性は、頷いてくれた。

「間違いないですね。何のご用件でしょうか？」

女性が笑顔で訊ねてくる。テッドは、内心で焦りながら表面には出さないようにゆっくりとしゃべり出す。

「グラフトン公爵様に緊急の連絡がありまして、この手紙を今すぐに渡していただきたいのですが」

テッドが、グラフトン公爵家の紋章が入った赤い色の封筒を差し出す。

「緊急連絡ですね。わかりました。返事をお待ちになりますか？」

女性が、手紙を受け取りながら訊ねる。

「恐らく公爵様自身がいらしてくださると思うので、馬車乗り場で待ちます」

女性は、手紙を持って建物の中へと姿を消した。暫くすると戻ってきて、係の者に託したのですぐに受け取ってもらえるはずですと言葉をくれた。

テッドは、あとは待つしかないと馬車の方に戻っていった。


一方その頃、エヴァルドは王太子の執務室でいつものように仕事をしていた。今日も、諸外国との貿易についての契約書の作成をしている。

エヴァルドは、語学が堪能で人柄がいいので、諸外国との取引に連れていくととても受けが良い。そこを王太子はとても評価していて、自分の手元から離せずにいる。

トントンとノックの音がする。王太子が、返答した。

「入れ」

エヴァルドは、入ってきた顔を見て誰かに緊急連絡かと思う。赤い手紙を持った、連絡係の男性が入室してきたから。

「誰への連絡だ?」

王太子が、書類を書いていた手を止め連絡係を見た。

「グラフトン公爵様です。緊急連絡の手紙が届いております」

そう言うと、連絡係がエヴァルドの元に歩いてきて赤い手紙を手渡してくれた。

「わかった。ありがとう。返事が必要なのかな？」

エヴァルドが、連絡係に問う。

「いえ、受付によると公爵様ご本人が来るはずだそうです。従者が、馬車で待っているとのことです」

連絡係の男性は、伝言を言い終えるとペコリと頭を下げて執務室を退出していく。

エヴァルドの顔が、一瞬で険しいものに変わる。すぐに戻らなければならないような事柄とは何だろうと、眉間に皺を寄せた。

デスクの上にある、ペーパーナイフを取り手紙を開封した。手紙を読み進めていくうちに、エヴァルドの中で何かが弾けた。

「サイラス！　なぜ、セレスティーヌの入国の許可が下りないんだ！」

エヴァルドの大きな声を、仕事仲間たちは聞いたことがなく皆驚き固まってしまう。サイラスは、言われた事柄が何なのかさっぱりわからなかった。

「待て、エヴァルド。僕は、何のことだかわからないよ」

サイラスが、落ち着けとエヴァルドに向き合う。

「セレスティーヌが今日、リディー王国に到着したのに、王宮からの指示で改札を通れなかった。一体、誰の指示なんだよ！」

エヴァルドが、手紙を握りしめて怒りを露わにしている。

「わかった。すぐに調べさせるから、待ってくれ」

サイラスが、エヴァルドの怒った態度に焦りながら返答する。エヴァルドが、自分の懐中時計の時間を確認した。

「それじゃ、間に合わないんだよ！　いい加減にしろよ！　セレスティーヌは、何もしてないじゃないか！　どうせ王族の、私的なことだろうが！　いつまでもこんな面倒なことを続けるのなら、僕は王族とは距離を置く」

そう言って、エヴァルドは執務室を飛び出した。一目散に馬車乗り場へと向かう。

馬車乗り場に着くと、従者のテッドがすぐに走り出せるように準備をして待っていてくれた。

エヴァルドが、馬車に乗り込むと素早く動き出した。

「エヴァルド様、良かった。かなりギリギリですが、間に合わせます」

テッドが、力強く述べる。

エヴァルドは、窓の外を見ながらセレスティーヌを想う。久しぶりに会えるのを、楽しみにしていた。

本当なら、仕事を休んで自分が迎えに行きたかった。後でサイラスに小言を言われるのが面倒で、我慢してしまった。

初めて、好きだと思える女性に出会った。

こんな自分に、笑顔を向けてくれて一緒にいて楽しいと言ってくれた。人生でそんなことと初めてだった。

もうずっと、心に靄《もや》がかかっているようで何をしても楽しく感じなかった。ただ、淡々と毎日を過ごしていた。

自分にはそんな生き方しかできないのだと思い込んでいたから、このままの生活を一生過ごしていくんだと諦めていた。何かを望む術もわからなくなっていた。

それなのに、セレスティーヌが会う度に笑いかけてくれて自分を笑顔にしてくれた。

ドレスショップで声を出して笑った時、自分でも驚いていたんだ。声を出して笑ったのなんて、本当に久しぶりだったから。

セレスティーヌと一緒にいると、望みが生まれた。自分には、おこがましい感情なのかもしれないと迷いもあった。

でも、初めて持ったこの感情を大切にしたかった。諦めたくなかったんだ。好きだと伝えて、一緒にいたいと言いたかった。

だから、もう一度会った時に好きだと告げようと決めていた。

臆病になってしまわないように、母上の形見の指輪も渡してしまった。母上もきっと応援してくれると思ったから、僕と離れている間持っていてほしかった。

二度も、王宮の人間に自分の人生を棒に振らされてたまるかという感情が沸々と燃えてくる。

アルバートの伝言も、背中を押してくれた。今までの自分なら、家のこと全部置いて行動するのなんてできなかった。

でも、セレスティーヌのことだけは絶対に諦めたくない。

もし振られても、何度だって好きな気持ちを伝える気でいた。一度で諦められる気持ちなら、そんなもの本当の愛じゃないと思ったから。

どうか間に合ってくれと、心の中で祈り続ける。君を一人、悲しい気持ちのままで帰したくないから——。

セレスティーヌは、待合室の時計に目をやる。もうすぐ、次の汽車がホームに入ってくる時間だった。

エヴァルドがいなくても、アルバートなら何とかしてくれると思っていた。

しかし待合室で待ちながら落ち着いてくると、さすがに王宮からの指示を回避するのは難しいだろうなと考え始めた。

何より、時間もそんなになかった。セレスティーヌが乗ってきた列車から、二時間ほどしか間が空いていない。

二時間の間に、王宮に問い合わせて解除を願うなんて無理だろうと推測する。

ここで夜を明かす訳にはいかないし、やはり一度インファート王国に帰るしかないだろうと時計を見ながら考えていた。

諦めなければいけないのはわかっているが、さっきから溜息が止まらない。やっと自分の気持ちを自覚して、それを伝える覚悟を決めたのに……。

うまくいかないなとがっかりする。こういう星の下に生まれてしまったのかしら？　と自分に呆れる。

でも、仕方ないと席を立ちボストンバッグを持つと待合室から出た。さっき買い直した切符を手に、ホームに降り立ち列車が来るのをただ待っていた。

空は、インファート王国を出てきた時と変わらずによく晴れた青だった。天気が良いのだけは、救われる思いだ。

これで雨が降っていて暗くどんよりとした天気なら、セレスティーヌは泣いてしまったかもしれない。

それくらい、エヴァルドに会えないことが残念で寂しかった。

エヴァルドから渡された指輪を、胸元から出す。失くさないように、チェーンに通してネックレスとしてずっと肌身離さず持っていた。

これを渡された時に、会えない理由ができても必ず会いに行くと言ってくれた。まさか本当にそうなるとは思っていなかった……。

セレスティーヌは、これがあれば必ずまた会えるはずと指輪を握りしめる。

遠くから、シュッシュという汽車の音が聞こえる。段々と近づいてきた汽車は、ガタンと大きな音を立ててセレスティーヌの前に停まった。

乗客が下りてくるのを黙って待っていた。人の波が引くとセレスティーヌが、一番近くの扉の前に行き汽車に乗る。

すぐに客室に行く気になれず、ボストンバッグを扉の脇に置き、手すりにつかまりながら発車するのをその場所で待っていた。

ああ、何でだろう。何で会えずに帰らなくちゃいけないの……。セレスティーヌが、込み上げてくる涙を堪えながらホームの改札をじっと見つめていた。

ジリリリリリリーン
発車のベルが鳴り響く。

その時――。

「セレスティーヌ!!」

改札からエヴァルドが、セレスティーヌの名前を叫びながらホームに走り出てきた。それを目にしたセレスティーヌが、大きな声で彼の名を呼ぶ。

「エヴァルド様ー!!」

エヴァルドにセレスティーヌの声が聞こえ、彼女の方を見る。その瞬間、二人の目が合った。

セレスティーヌを認めたエヴァルドは、全速力で彼女の元に走った。その間も、発車のベルがずっと鳴り響いたまま。

セレスティーヌは、どうしようとオロオロしていた。降りるべきなのか、このまま乗っていくべきなのか……。

そうこうしている間に、ゆっくり扉が閉まり出す。エヴァルドが、閉まり出す扉に滑り込んできた。

エヴァルドの体が車内に入ったと同時にガチャンと扉が閉まる。シュッシュッとゆっくり汽車が走り出す。

「エヴァルド様！」

セレスティーヌが、驚いて声を上げる。エヴァルドは、全速力で走ってきたからか息を切らせて肩を大きく上下させている。

それでもエヴァルドがセレスティーヌを見ると、力強く彼女を抱きしめる。

「よ……か……った。まに……あ……った」

息を切らせながらも、エヴァルドが言葉を絞り出す。セレスティーヌは、突然きつく抱きしめられ何が起こったのかわからなかった。

「君に言いたいことがあるんだ」

少しずつ息が落ち着いてきたエヴァルドが、セレスティーヌに告げる。それを聞いたセレスティーヌも、そっと手を彼の背中に回して言葉を発した。

「私も、エヴァルド様に言いたいことができたんです」

エヴァルドがそれを聞き、手を緩めて彼女の顔を見る。セレスティーヌもエヴァルドの顔が見られて、ホッとする。

いつもよりも凛々《りり》しい、男性の顔だったけれど変わらずに優しい瞳だった。エヴァルドが、セレスティーヌから一歩離れ両手を優しく握りしめる。

「じゃあ、僕から言わせてほしい」

エヴァルドの真剣な眼差しが、セレスティーヌに注がれる。セレスティーヌが、コクンと頷く。

「セレスティーヌ、僕は君が好きだ。ずっと一緒にいてほしい」

セレスティーヌは、聞こえた言葉に驚く。でも、嬉しさが後から襲ってきて感情が高ぶり目に涙が浮かぶ。

「嬉しい」

セレスティーヌが、ポツリと零す。

「エヴァルド様、私も貴方が好きです。私が貴方を幸せにしたい」

今度は、エヴァルドが驚く番だった。だって、そんな言葉を言ってもらえるなんて思ってもいなかったので戸惑う。嬉しいのと、恥ずかしいのと色々な感情がごちゃ混ぜになって顔が赤くなっていく。

「それは、僕のセリフだよ……」

エヴァルドが、照れている。

「ふふふ。だって本当なんだもの。エヴァルド様。私、国に帰って色々わかったんです。今までのこと、全部無駄じゃなかったって。だって、今までがあったから貴方に会えた。普通の人生を送っていたら、絶対に国を出ようとなんて思わなかったから」

セレスティーヌが、目をキラキラさせて笑顔でエヴァルドを見ている。エヴァルドは、セレスティーヌの言葉に耳を傾け、続きを促す。

「でも、じゃーもう一回同じことしてって言われてもそれは無理です。愛することを知ってしまったし、愛されることを知ってしまったから。あんな歪《いびつ》な環境で生活なんてもうできない。だから人生って一回なんだと思う」

セレスティーヌが、誇らしげに言葉にした。

「そうだね。私も、今までの人生をもう一回と言われても無理だと思う。あんな寂しい人生は、もう耐えられない」

エヴァルドが、握っていた手にギュっと力を入れる。

「僕は、君に会うのを待っていた気がする。だから、もう離せない」

そう言ってエヴァルドが、もう一度セレスティーヌを抱きしめる。セレスティーヌもエヴァルドを抱きしめ返す。

「エヴァルド様、ずっとずっと私の隣で笑っていてね。エヴァルド様の笑顔が大好きよ」

セレスティーヌが、愛を呟く。恋を知らなかった女の子が、様々な経験の果てたどり着いたこの感情。この人を幸せにしたい。とてもシンプルな答えだけど、とても大切な想い。

今あるこの気持ちを、二人で大切にしていこうと心に誓った。

汽車が、愛し合う二人を乗せて青々とした木々たちの間を走り抜ける。特に目を引くような景色ではないけれど、この日常の景色にこそ幸せがあるのだと教えてくれているようだった。


二人は、そのまま汽車に乗りインファート王国に戻ってきた。セレスティーヌは、ブランシェット家に行こうかどうしようか迷う。離縁した家に、男性を連れて戻るなんて非常

識すぎないかと……。

でも、汽車の中でエヴァルドの話を聞いたところによると、当分自国に戻るつもりがないと言う。実家に帰ることも考えたが、王都から離れているので現実的ではない。

そう考えると、やはりブランシェット家にお世話になるのが一番な気がしてならない。

セレスティーヌは、迷った末にとりあえずレーヴィーの意見を聞こうとブランシェット家に舞い戻ってきた。

玄関で、執事が驚きながらもすぐにレーヴィーの元に案内してくれた。タイミング良く、レーヴィーが屋敷にいてくれた。

レーヴィーに、リディー王国で入国ができなかったことを話す。すると、遠慮することなくブランシェット家に滞在するように言われる。

エヴァルドのことは、リディー王国から自分に会いにブランシェット公爵家に遊びに来たことにすればいいと言ってくれた。

セレスティーヌとは別に遊びにやってきて、たまたま滞在がかぶったことにすればいいと提案される。

セレスティーヌは、一つだけどうしても気になったのでレーヴィーに確認した。

「レーヴィー、でもブランシェット公爵様は良い気持ちはしないと思うの……」

レーヴィーがいくら良いと言っても、今はまだこの家の当主はエディーなのだ。エディーがどう思うのか、やはり気にかかる。

「父上には私から話しておきます。あれだけ好き勝手やっている人ですから、文句を言う立場にないですよ。寧ろ、母上に対する今までの恩を返してもらいましょう」

レーヴィーは、何てことないように話をする。セレスティーヌは、常識的に考えたら絶対に良くないのはわかっている。

だけど今回は、他に良い案が浮かばないのでレーヴィーの言葉に甘えることにした。

「レーヴィー、ありがとう。申し訳ないけどよろしくお願いします」

セレスティーヌは、レーヴィーにお礼を言った。

「いえ、母上が私を頼ってくれて良かったです。グラフトン公爵様も、ゆっくりしていってください。こちらでも、リディー王国のことは探ってみます」

レーヴィーが、いつものクールな表情を見せる。

「突然のことで申し訳ありませんが、お世話になります」

エヴァルドもレーヴィーに頭を下げた。

「では、私たちは下がるわね。お仕事中に突然押しかけてごめんね。客室は、アルフに用意してもらうから」

セレスティーヌが、そう言ってソファーから立ち上がる。エヴァルドも、続けて立ち上がりレーヴィーの執務室を後にした。

セレスティーヌが、執事のアルフを呼ぶと既に客室が用意されていた。すぐにエヴァルドを案内してくれる。

エヴァルドは、何も持たずに来てしまったので最低限の衣服を準備してもらうようにお願いした。もう夜だけど、アルフなら何とかしてくれるだろうと信じる。

とにかく二人とも、突然色々あったので疲れてしまった。お互い部屋で、少し休みましょうと廊下で別れた。

セレスティーヌは、自分専用の客室に戻るとソファーに腰かけて今日あったことを思い出していた。

リディー王国で、エヴァルドがセレスティーヌの為に仕事を放って迎えに来てくれた。あの時のことを思い出すと、何だか顔が赤くなってくる。顔に、両手を当てて悶絶する。

エヴァルドが好きだと言ってくれたことが凄く嬉しかったけれど、自分も凄いことを言った気がする。

あの時の勢いで口走ってしまったが、冷静になって考えると恥ずかしくてたまらない……。でも、言ったことは本心だし後悔はない。ただ、ひたすら恥ずかしい。この恥ずかしい気持ちをどうすればいいのか苦悩する。

オーレリアに話したら、何て言うかしら？　きっとオーレリアなら、「それが恋だから仕方ないわ。受け入れなさい」って言いそう。

そう思ったら、何だかおかしくてしょうがなくなって一人で笑ってしまう。

二人で告白し合った後、汽車の個室に移動して色々なことを話した。エヴァルドは、幼い頃に王女に言われた言葉がトラウマで今までずっと一人で生きてきたと告白した。

また同じ言葉で傷つくのが怖くて、王女以外の女性でも近づくのが怖かった。それと同時に、自分なんかと一緒にいる女性がかわいそうだと零した。

セレスティーヌは、その話を聞いて胸が張り裂けそうだった。幼い頃に、公衆の面前で言われた心ない言葉。

どれだけ傷ついて今までの長い期間を、一人で生きてきたのだろう。改めて、これからはセレスティーヌが一緒にいて楽しい時を過ごしていきたいと感じた。

それをエヴァルドに言ったら、子供のような屈託のない笑顔で笑った。そして最初にセレスティーヌが言ってくれた言葉が、ずっと頭の中にあったと嬉しそうに教えてくれる。

たまたま会った朝の散歩。

その時にセレスティーヌが、「落ち着きがあって瞳が優しくて素敵です」「自分が思っているよりもエヴァルド様は素敵です」と言われて驚いたと。

そんなことを言ってくれた人は、今までいなかったから。きっとその時から僕は、君に恋してしまったみたいだよと、とても恥ずかしそうに頬を赤く染めていた。

エヴァルドの笑顔が嬉しくて、お互いの気持ちを確認できた興奮からセレスティーヌはすっかり忘れていた。

エヴァルドに言わなくてはいけないことがあることを――。

忘れていたことを思い出したのは、ブランシェット家に再び滞在し始めて幾日か経った頃だった。きっかけは、セシーリアと話していた時だ。

「お母様が戻ってきたのには驚いたけど、エヴァルド様とうまく纏まったみたいで良かったですわ。お母様が気にしていた問題も解決したのです？」

セレスティーヌは、お茶を飲もうと持っていたティーカップを落としそうになる。そして固まった。

セレスティーヌは、すっかり忘れていたから。自分がもう、子供を育てるつもりがないと言わないといけないことを……。

「お母様……。もしかして、忘れていたんですの？」

セシーリアが、呆れている。

「だって、色々あってすっかり飛んじゃっていたのよ……」

セレスティーヌが、困惑の表情を浮かべる。

「お母様って案外、自分のことは抜けてらっしゃるのね。でも、エヴァルド様なら大丈夫なのではなくて？　だって、こちらが見ているのが恥ずかしいくらい好きが駄々洩《も》れですわよ」

セシーリアが、笑っている。

それは、セレスティーヌもヒシヒシと感じていた。エヴァルドがセレスティーヌを見つめる瞳が、いつも甘い。

エヴァルドなら、セレスティーヌが何を言っても許してくれそうなそんな瞳だった。

「でも、ちゃんと言わないといけないことだし……。機会を見て話してみるわ。セシーリアが言ってくれて良かった。ありがとう」

セレスティーヌは、セシーリアに笑顔でお礼を言った。

「全く……。お母様ったら、落ち着きがないフェリシアみたいよ」

「そうね……。最近ちょっと落ち着きがないかも。一度、気を引き締めるわ」

セレスティーヌは、これではどちらが親かわからないと反省する。でも、あんなに我儘だった娘が、大人になったなと嬉しくもあった。

セレスティーヌは、子供のことをどうやって言おうかとずっと悩んでいた。折角、お互いの気持ちが通じ合って良い雰囲気なのに……。

その雰囲気を壊したくなくて、なかなか言えずにいた。インファート王国で、エヴァルドと一緒に過ごす毎日が楽しくてどんどん月日が経過していく。

セレスティーヌは、インファート王国でエヴァルドと楽しい日々を謳歌《おうか》していた。

エディーと結婚してからのセレスティーヌは、ずっとブランシェット家の負の部分を背負っていた。愛人を沢山抱える夫の妻という、かわいそうな視線にずっとさらされて生きていた。

一年ぶりにインファート王国の街中に姿を現したセレスティーヌに、好奇な視線が突き刺さる。それでも、一年間のリディー王国での楽しかった記憶のお陰で、そんな視線でも気にならなかった。

隣にいるのがエヴァルドだと思うだけで楽しくて、インファート王国の名所をあちこち案内した。

しかし、二人で楽しむといっても表向きのエヴァルドは、レーヴィーの隣国の友人ということになっている。

二人で頻繁に出かけるのは不自然なので、セシーリアやフェリシアにも付き合ってもらった。

セシーリアの婚約者のヴァージルと四人で、演劇を見に行ったこともあった。あの時のことを思い出すとちょっと恥ずかしい。

演劇の予約をセシーリアにお願いしていたら、とても贅沢な予約の取り方をしていた。

普通なら四人で一緒のボックス席で見るものだが、セシーリアとセレスティーヌにそれぞれボックス席が予約されていた。チケットを渡されて、そのことに初めて気がついて驚く。

「セシーリアったら、わざわざボックス席を二つも取ったの？」

セシーリアは、ヴァージルの腕に自分のそれを絡ませながら楽しそうに笑っている。

「だって折角なんですもの、二人っきりで見たいかと思って！」

セレスティーヌは、ちょっと頬を赤らめる。エヴァルドを見ると、同じように照れたような顔をしていた。

「もう、変な気を遣うのはやめなさい」

セレスティーヌが、セシーリアを叱る。

「違いますよ。私が、セシーリアと二人で見たかっただけです。では、お互い楽しみましょう」

ヴァージルが、間に入ってセシーリアを庇《かば》う。彼女の腰に手を添えて、自分たちのボックス席へと移動してしまった。

「格好いい方ですね」

エヴァルドは、セレスティーヌの横で羨望の眼差しを向けながら感心している。娘に変な気を遣わせたのが恥ずかしくて、あんなことを言ってしまい気まずくてしょうがない。

「私ったら、何だか凄く恥ずかしい……」

セレスティーヌは、扇子を出して顔を隠す。エヴァルドが、ちょっとぎこちなくセレスティーヌの腰に手を当てて、自分たちのボックス席へと促してくれた。

「折角ですから、二人で楽しみましょう」

エヴァルドは、セレスティーヌの横で優しく微笑んでいる。セレスティーヌは、今が楽しくて幸せで心に優しい光がぽっととともる。

母親ではない一人の女性として、好きな人と過ごす一時に浮かれている自分。そんな自分を、娘に見られているのがとてつもなく恥ずかしい。

でも隣でエヴァルドが笑ってくれるから、恥ずかしさよりも嬉しさの方が強い。

二人用のボックス席は、そこまで広い訳ではないので自然と距離が近くなる。お互いの気持ちを確かめてからは、二人でいることのよそよそしさは消えたけれど距離感はまだそこまで近くない。

すぐ隣に座るエヴァルドを意識すると、何だかとても緊張してドキドキしてしまう。どうしていつも通りでいられないのかしら……。

セレスティーヌは、こんなふうに一喜一憂する自分がもどかしい。若い頃の自分が恋をしているようで、自分が自分じゃないみたいだ。

セレスティーヌは、ふとエヴァルドの顔を仰ぎ見る。でもよく考えたら、もし今の自分が若かったらこんなふうにドキドキなんてしていなかった。

だってあの頃の自分は、恋愛にドライで自分が男性に恋をするなんて考えたことがなかったのだ。

今だから、年を重ねたからこそこんなふうにドキドキしている。そう思えたら、この感情ごと楽しむしかない。

「セレスティーヌ、どうしました？」

エヴァルドの顔をじっと見ていたら、彼が疑問に思ったらしくセレスティーヌに訊ねる。

二人が近距離で見つめ合う。

セレスティーヌは、ふわっと花びらが一枚一枚ゆっくり開くように笑顔を零した。

「エヴァルド様、せっかくなので手を握ってもいいですか？」

セレスティーヌは、恋人らしくお願いする。エヴァルドが、ちょっと驚いた後、恥ずかしそうに手を差し出してくれた。

セレスティーヌよりも大きい手のひらに、自分のそれを重ねる。指を絡めてギュッと握ると、さっきよりもドキドキする。

「ふふふ。すごくドキドキしちゃいますね」

セレスティーヌは、繋いだ手を見ながら素直な気持ちを口にする。

「セレスティーヌもドキドキするんですか？」

エヴァルドが、意外そうに呟く。

「もちろんよ。すっごくドキドキしていて顔が熱いわ」

セレスティーヌが、手を繋いでいない方の手で自分の頬を触る。

「私も、同じです」

そう言ったエヴァルドの頬も赤く、照れているのか舞台の方に視線を向けていた。すると開幕を告げるベルが鳴る。真っ赤な垂れ幕が上がり、演劇が始まる。二人は、お互いの手のぬくもりを感じながら恋人の時間を楽しんだ。

二人で見た演劇は、切なくもあり情熱的でもあり感情を揺さぶられる素敵な演目だった。今日の演目は、エヴァルドとセレスティーヌが好きな本をもとにして作られたものだ。

以前、好きな本は何かという話題になった時に出た話だった。二人とも共通したのは、ハッピーエンドであること。主人公が、わかりやすく幸せになる話が好きだと二人で意気投合した。

そんな話だったので、最後は感動して涙が滲んでしまったほど。

大満足のまま、ボックス席を出てセシーリアたちと合流し、女性二人はお手洗いに寄った。その間、男性二人には劇場のロビーで待っていてもらう。ほんの少しの間だったはずなのに、セレスティーヌたちが戻ってきたら、男性二人は女性たちに囲まれていた。

セシーリアに気づいたヴァージルは、すぐに女性たちの輪から外れて彼女の元に歩いてくる。しかしエヴァルドは、どう対処したらいいのかわからずに積極的な令嬢たちに押されていた。

ヴァージルのように、問答無用で話を切ってその場を辞することができないでいた。

インファート王国でのエヴァルドは、年若い令嬢たちの興味の的だった。彼は、目立つような美男子ではないけれど、生まれながらの公爵家の当主としての雰囲気はしっかり持っている。

清潔感のある服装に、落ち着いた物腰でとても優しい瞳だ。何の偏見もなければ、令嬢たちから一目置かれてもおかしくない男性なのだ。

社交界で見たことがない気になる男性がいれば、年頃の娘たちから興味を持たれてもしょうがない。

インファート王国に来てからエヴァルドは、今回のように女性たちに囲まれる場面が何度もあった。

こういった姿を見ていると、セレスティーヌはちょっとだけ黒い靄が胸に出現してしまう。やっぱり、私じゃなくて若くて可愛い女性の方がエヴァルド様にお似合いなのではと……。

それに、あんなふうに優しく対応しちゃうから、女の子たちもどんどん調子に乗ってしまうのに……。セレスティーヌは、見ていて面白くない気持ちが当然ある。

でも、自分は大人だしこれくらいでイライラしていたら駄目だと抑えていた。

「お母様、助けに行かなくてよろしいの?」

セシーリアが、心配そうに聞いてくる。

「わかってるわよ」

セレスティーヌは、扇子を出して溜息を零す。そのままにする訳にもいかないので、セレスティーヌが助け船を出しにエヴァルドの元に向かう。

エヴァルドは、セレスティーヌの姿を見るとホッとしたような顔をした。

「ごめんなさいね。お待たせしてしまっている方がいるので、失礼させていただくわね。エヴァルド様、行きましょう」

セレスティーヌは、エヴァルドを囲む令嬢たちに向かって言葉を投げた。令嬢たちは、邪魔者が来たとばかりに辛辣な視線を向ける。

「はい。では、失礼します」

エヴァルドは、そんな令嬢たちにも丁寧に対応しその場を去った。そのままセシーリアたちと合流して、馬車乗り場へと向かう。

セレスティーヌとエヴァルドは無言。セレスティーヌのいつもと違う態度に、エヴァルドは戸惑っていた。

「ではお母様、私はヴァージルに送っていただくから。ちゃんと仲直りして帰ってきてよ」

セシーリアは、セレスティーヌにそう声をかけてそそくさと馬車に乗ってしまう。セレスティーヌは、娘にそんなことを言われてしまって気まずい。心の中で反省しながら馬車に乗り込む。

ガタンと馬車が動いて、ブランシェット家の屋敷に向かう。馬車の中は、気まずい沈黙が続いていた。

セレスティーヌ自身も、エヴァルドに何て言えばいいのかわからない。あの令嬢たちに嫉妬していたのは、自分でもわかっている。でもそれを正直に話すのは、さすがのセレスティーヌでも抵抗があった。

何て話せばいいのだろうと考えあぐねていたら、向かいに座るエヴァルドが口を開いた。

「セレスティーヌ、上手に対応できずにすみません。どうしてもああいった状況には慣れなくて……。ヴァージル殿下のように、そつなくあしらえればいいのでしょうが……」

エヴァルドが、肩を落として落ち込んでいる。エヴァルドのリディー王国での境遇を思えば、やっぱりしょうがないと感じる。

自分が大人げないとセレスティーヌは反省した。セレスティーヌは、扇子を出して顔を覆いながら白状する。

「ごめんなさい。私が大人げなかったわ。ちょっと、あの令嬢たちに嫉妬したの……」

セレスティーヌは、エヴァルドの目を見るのも気まずくて顔を逸らしている。

「嫉妬ですか？　セレスティーヌが、僕に？」

エヴァルドが、とても驚いた顔をしている。

「仕方ないじゃない……。好きなんだから……」

セレスティーヌは、もういいやと思ってボソッと小さな声で言う。扇子で隠した顔は真っ赤だ。

「えっと、あの……はい……。僕も好きです」

エヴァルドが嬉しそうに、でも恥ずかしそうにポツリと言った。エヴァルドの顔も、セレスティーヌと同じように赤い。

馬車の中は、まだ春になったばかりで夜は冷え込むはずなのに、何だか暑くてしょうがなかった。

第一〇章　セレスティーヌが見つけた居場所

　インファート王国を満喫していた二人の元に、突然の来客があった。それは、セレスティーヌとエヴァルドの二人が、ティータイムを楽しんでいる時だった。二人が寛いでいる居間に、執事のアルフが血相を変えて飛び込んできた。

「セレスティーヌ様、大変です。お客様がお見えです！」

　セレスティーヌとエヴァルドは、何事かと驚く。

「お客様って、私に？　一体どなたなの？」

　セレスティーヌが、口を開く。

「エヴァルド様にです。それが、実は――」

　アルフが名前を言おうとしたところで、扉にいた彼の後ろから誰かが居間に割って入ってきた。

「失礼するよ」

　姿を現したのは、リディー王国の王太子サイラス・キャンベル・リディーだった。

「サイラス」

　エヴァルドが、驚いて声を上げる。

「久しぶりだね、エヴァルド。突然すまない。今日は、セレスティーヌ嬢の件で謝罪に来たよ。話を聞いてもらえるだろうか？」

サイラスが、エヴァルドを真っすぐに見つめていた。その真摯な態度に、エヴァルドも感じるものがあったのか静かに頷いた。

「セレスティーヌ、申し訳ないが、サイラスと話せる場を設けてもらえないだろうか？」

エヴァルドが、申し訳なさそうにセレスティーヌに確認する。

「もちろんですわ。レーヴィーにも、確認してきます。応接室の方がよろしいでしょうか？」

セレスティーヌが、質問を返す。

「突然来た身だ、大事《おおごと》にしたくない。この部屋で充分だよ。それとセレスティーヌ嬢にも、一緒に話を聞いてもらいたい」

サイラスが、エヴァルドよりも先に答える。

「わかりました。では、アルフ、お茶とお菓子の用意を。それと、レーヴィーに報告をお願い」

セレスティーヌが、アルフに指示を出す。アルフは、真剣な表情で「はい」と返事をし、素早く居間から出ていった。

セレスティーヌは、サイラスにエヴァルドと対面するようにソファーを勧め座ってもらう。自分は、エヴァルドの隣に腰かけ直した。すぐに、お茶とお菓子の準備が整う。

「今日は、突然申し訳ないね。こちら側の処分が全部終わったから、やっとエヴァルドを迎えに来られた」

サイラスが、お茶に口を付けた後に静かに話し出した。

「迎えにって、王太子がすることじゃないだろう……」

エヴァルドが、呆れている。

「それぐらいしないと、エヴァルドに誠意が伝わらないと思ったんだ。今まで、本当に申し訳なかった」

サイラスが、エヴァルドに向かって頭を下げる。

「サイラス！　王太子がそんなに簡単に頭を下げたらだめだ」

エヴァルドが、いつもと違う険しい表情で言う。

「簡単なんかじゃない。ここまでくるのに、時間がかかりすぎた。もっと早く、何とかするべきだった」

サイラスは、なおも言葉を続ける。自分の妹による、心ない言葉から始まったエヴァルドの厳しい立場。

子供の頃に植え付けられたトラウマは、そんなに簡単に脱することができない。ずっと、一人きりで冷たいリディー王国の社交界に立たせてしまった。

原因を作ったのが王家だというのに、何の対処もしないまま国の役にずっと立ってもらった。

本当だったら、王宮でなんて働きたくないのもずっとわかっていた。それを、王族のエゴで、エヴァルドの優しさに甘えて今までずっと傍に仕えさせていた。

そう言ってサイラスは、苦悶の表情を浮かべた。


エヴァルドは、サイラスの言葉を聞き複雑な気持ちになる。サイラスの言った言葉は本当のことで、常に自分の中で引っかかっていた。

それでも、自分の憤る気持ちに蓋をして国の為と思って今まで仕事をしていた。それと同時に、王族に対して拒否する強い心もない自分に諦めの気持ちもあった。

サイラスの話を聞けば今までのことが水に流せるのか、自分でもわからない。どうしたらよいのかわからずに、セレスティーヌの顔を窺う。

セレスティーヌが微笑み、エヴァルドの手をギュッと握ってくれた。一人じゃないという気持ちが湧き上がり、動揺していた心が引き締まる。

「サイラス、そのことについては思うところはあるけれど……。まずは、今回の顚末《てんまつ》を聞かせてほしい」

サイラスは、エヴァルドの言葉を受けて静かに話し始めた。

今回起こったことは、エヴァルドが考えるように子供の頃と同じ王女がしでかした騒動だった。

王女が、担当部署に許可も取らずに私的な理由で他国の人間を入国禁止にした。そんなことは調べればすぐにわかる。問題は、動機だった。

なぜ今、セレスティーヌにそんな嫌がらせをするのか……。それが一番の疑問だった。うやむやにしない為に、サイラスは自分で妹を問いただした。

王にも、今回のことは口出しさせなかった。

今、他国との輸出入でとても大切な条約を締結しようとしている。その中心人物である、エヴァルドが国から出ていったとなるとリディー王国として大変な損失になる。損失になるどころか、他国からの信用を失う。

そんなことは、国としてあってはならないことだった。事前にサイラスは、王にこの騒動の内容を知らせた。

今回の騒動は、王女だからといって許せる範囲を超えているとはっきりと告げる。王も、さすがに今回ばかりは王女を庇うことはできなかった。

兄自ら妹を呼び出し話を聞いた。妹のシャルロットは、悪びれることなく理由を話し出す。

あの婚約解消で被害を受けたのは自分なのに、エヴァルドだけ幸せになろうなんて許せない。あんなに冴えなくてつまらない男が、綺麗な女性と暮らしているなんてあっていい訳ない。

自分よりも先に結婚なんか絶対にさせない。幸せになるのは、自分なのだと憤っていた。シャルロットが言っている内容が、全て正しいと誇らしげに話す。

その裏には自分が一番でなくては許せない、きっと今回も、お父様なら許してくれるという考えが透けて見えた。

サイラスは、その理由に憤る。馬鹿な妹だと思っていたが、ここまで馬鹿だったのかと。サイラスは、妹のことが嫌いだった。王太子として育てられた自分はとても厳しく教育を受けた。

それなのに、末っ子の女の子というだけで、馬鹿みたいに甘やかされたこの妹が許せなかった。

この馬鹿な妹に、こんなまだるっこしい嫌がらせが思いつくはずがない。サイラスは、重ねて妹に聞いた。

「なあ、シャルロット。それは、誰に教えてもらったの？　セレスティーヌ嬢を、入国禁止にするなんてよく思いついたね」

怒りを露わにしたいところを我慢して、いつもの優しい兄を装う。シャルロットは、自分が褒められていると勘違いしてベラベラと余計なことを話し出す。

エヴァルドとセレスティーヌに王宮で会った時に、一緒にいたアーロンにアドバイスされたのだと。

「あの二人のことが面白くないのなら、この国から出しましょう。エヴァルドなんて、この国から出てしまったら、公爵という肩書は通用しないただの冴えない男です。今はまだ時期ではありませんが、相手の女は他国の人間です。きっとそのうち、チャンスがあるはずです」

シャルロットは、そう言われてからずっと機会を窺っていた。

サイラスは、全ての辻褄《つじつま》がピタリと合った気がした。全ては、アーロンの企てたことだと知って今までの色々な疑問が解消していく。

サイラスは、今までずっとおかしいと思っていた。エヴァルドのことは、シャルロットのことがあったからといっても不自然なほど、他の人間が彼に近寄らなかった。

誰かが、裏で扇動しているのでは？　という考えもあったが確証がなく調べるきっかけがなかった。

サイラスは、シャルロットの話を聞き終えた後に部下にアーロンのことを調べさせた。

なぜ、シャルロット付きの人間になったのか。

アーロンとエヴァルドにどんな接点があったのか、できるだけ詳しく調べさせた。

そして一〇日ほど経った頃、全ての調べがついたのでアーロンを自分の執務室に呼んだ。

サイラスの執務室に入ってきたアーロンは、どことなく嬉しそうにしていた。

「アーロン、なぜ呼ばれたのかわかっているか?」

サイラスが、アーロンを問いただす。

「グラフトン公爵のことは、聞き及んでおります。勝手に国を飛び出したと」

アーロンが、とんでもないと憤りを見せている。

「それで、なぜ自分が呼ばれたと思っているのか?」

サイラスは、もう一度同じ質問をした。

「グラフトン公爵の代わりを、私に務めさせていただけるのでしょうか?」

アーロンは、平静を保っているように見せているが目が期待に満ちていた。サイラスは、心の中で笑う。

シャルロットの取巻きごときに、エヴァルドの代わりができる訳がないだろう。

「今、エヴァルドが携わっている仕事の内容を知らないだろう? アーロンで、それが務まるのか?」

サイラスは、できるだけいつもの穏やかな王太子を装う。

「きっと、お役に立てると思います」

アーロンが、自信を持って述べる。この姿を見てサイラスは、確信した。この男は、ずっとエヴァルドの位置を虎視眈々《たんたん》と狙っていたのだと。

今まで、シャルロットの陰に隠れて、貴族社会でも存在感をまるで出していなかった。自分は、常に脇役なのだと弁《わきま》えているように見せかけて。

何年も、何十年も機会を覗っていた。ひっそりと、エヴァルドの評判を落としながら。王以外にはお荷物視されているシャルロットの世話を買って出て、それでいてしゃしゃり出ることもなく、王宮で働く者としての評判も悪くなかった。

役に立たない妹を、女性の社会進出という広告塔にうまく使ったのも、アーロンだと聞き及んでいた。

サイラスは、何もせずに遊び暮らしている妹をうまく利用するものだと感心さえしていた。だから、誰もこの男を問題視していなかった。今回、妹の口からアーロンの名前が出てきて初めてこの男のことを調べ尽くした。

巧妙に隠していたが王太子が本気になって調べれば、今までの行いを調べることはそんなに難しくはない。

馬鹿な妹が、口を滑らせなければこんなに早く解決することはなかったのに。きっとこの男なりに、シャルロットには口止めをしていたはずだ。

残念ながら、思っていたよりもシャルロットが馬鹿すぎた。きっと、父上が何とかしてくれると甘く見ているのだろう。それか、自分がしでかしたことの重大性がわかっていないのかもしれない。

今回の他国との条約締結は、限られた人間しか知らない。だからエヴァルドが、どれだけ大切な仕事に就いているのか殆どの者は知らない。

だからこそ、シャルロットもアーロンもエヴァルドを軽視できるのだ。

今回のことは、エヴァルドにとっても自分にとっても丁度よかったのかもしれない。これで、邪魔な者が一掃できるのだから。

「残念ながら、エヴァルドの後任の件ではない。シャルロットの件だ」

サイラスは、わざと明るい笑みを浮かべる。アーロンは、何のことだかまるでわかっていなかった。

「シャルロット殿下ですか？　殿下が、どうかしましたか？」

話の展開が不穏なことにやっと気づいたのか、アーロンの顔色が曇る。

「今回シャルロットが、私的利用で誰の許可も得ずに勝手に他国の者を入国拒否させた。これは、王族として看過できることではない。一歩間違えたら、国際問題に発展してもおかしくなかった。だから、今回シャルロットには罰を受けてもらうことになった」

サイラスは、あくまでも冷静に淡々と言葉を続ける。アーロンは、口を挟まずに黙って聞いていた。

「これまで彼女は、女性の社会進出の広告塔になっていた。振りだけではなく、実際にシャルロットにも動いてもらう。国の全土を回って、貧しい女性や技術はあるけれど機会損失をしている女性たちの援助をしてもらうことになった。もちろん、陣頭指揮を執っていたアーロンが、中心になって行ってもらう。シャルロットと一緒に国の全土を回って。期限はない。この政策が、国に根づくまでだ」

アーロンの顔色は、真っ青だ。額に、脂汗も滲んでいる。

「なぜ、私なのですか？　今回、シャルロット殿下がしたことに私は関係ありません。罰なら、殿下一人で受けるべきです」

アーロンは、サイラスが座っていた執務机に両手を置いて抗議をする。

「アーロン。シャルロットはね、君が思っているよりずっと馬鹿なんだよ。今回のことは、王も許せる内容ではないいんだ。エヴァルドはね、君たちが思っているよりずっとずっと貴重な人材なんだよ。替えは利かないいんだ」

アーロンが、呆然としている。きっと頭の中で、何とかできないか考えを巡らせているのだろうが、もうこれは決定事項だ。

「話は以上だ。三日後には、最初の町に出発してくれ。出発しない場合は、問答無用でこの王都から出す」

サイラスが、ここまできて初めて厳しい口調で話す。

「お断りした場合は、どうなるのでしょうか？」

アーロンが項垂れながら、小さな声で訊ねた。

「君の今の役職はシャルロット付きなのだから、職を失うだけだね。まあ君は、侯爵家の跡取りなのだから領地経営に専念したら？　言っとくけど、王宮ではもう働けないよ？　僕、こう見えて心底怒っているから王都での居場所はないと思った方がいいよ」

サイラスは、アーロンに凍《い》てつくような冷たい視線を送る。アーロンは、自分の置かれている状況を理解したのか、さっきまでキラキラしていた瞳が死んでいた。

サイラスは、できるだけ丁寧に包み隠さずに、エヴァルドとセレスティーヌに今回の顚末を話して聞かせた。

「じゃあ、今二人はどこに？」

エヴァルドが、サイラスに訊ねる。

「さあ？　とりあえず辺境の地から回らせているから、王都から離れた他国との国境とかじゃない？　言っとくけど、領主の迷惑になるから空き家とかで生活してもらっているし。今後は、華やかな生活はできないよ」

サイラスが、最早二人には何の興味もないように冷めたことを言う。

「本当に、あの王女が辺境に？　大人しく王都を出ていったんですか？」

セレスティーヌも、信じられないと驚きが隠せない。

「もちろん、大人しくは従わなかったよ。最終的には、王命だったね。妹にとって砦《とりで》の父親に厳しく叱責されて、嫌がる取巻きを引き連れて王都を出ていったよ。報告書では、妹の我儘に耐えきれなくて、取巻きや従者に逃げられているらしいよ。まっ、アーロンは、同じく王命だから逃げ出せないけどね」

　サイラスは、意地悪な笑みを浮かべる。普段は温厚で、冷たい一面は隠しているが、今日は仮面を取っている。

「アーロンは、なぜ、私を排除したがっていたのでしょうか？」

　エヴァルドが、疑問を口にする。

「アーロンは、君と同い年だろう？　公爵家の嫡男で、評判のいい君とずっと比較されて育ったらしいよ。エヴァルドは、幼い頃からそつなく何でもこなして素直だったから、大人ウケが凄くいい子供だったんだよ。僕もよく、エヴァルドを見習えって言われたものだよ。それが面白くなくて、いつか必ず追い落としてやると思っていたらしいよ」

　サイラスが、お茶に口を付けて喉を潤している。

　セレスティーヌがエヴァルドを見ると、複雑そうな表情をしていた。でも、サイラスが言うことは本当だろう。

　セレスティーヌも、エヴァルドの幼い頃を思い浮かべるとさぞ可愛い子供だっただろうと想像できる。

「その、アーロンって方。残念な方ですね……。誰かと比較されながら育つって、苦しいですからね。でも、エヴァルド様を恨むのはお門違いです。負けない為に、いくらでも他で評価されるように努力すれば良かったのに。負の方向に向いた時点で、エヴァルド様には一生勝てないですね」

セレスティーヌが、エヴァルドの手に自分の手を重ねた。エヴァルドは、恥ずかしかったみたいだが嬉しそうにしている。

「んんんっ」

サイラスが、咳払いをする。仕方なく、セレスティーヌは、手を離す。

「そうだね。アーロンだって優秀な人間であることは確かだった。ただ、向かった方向を自分で間違えたんだ。エヴァルドが、気にすることじゃない」

サイラスが、キッパリとエヴァルドに言い切る。

「二人がそう言うなら、気にするのはやめるよ」

セレスティーヌは、エヴァルドは優しすぎると心配になる。

自分を貶《おとし》めようとした人間を心配するなんて……。でも、その優しさがエヴァルドの良いところでもある。人の、長所と短所は表裏一体なのだから。

「では、これでエヴァルドのリディー王国に対する憂いはなくなったよね。きっと今後は、社交界での住みにくさも改善されていくはずだよ。だから今すぐに、国に帰ろう」

サイラスが、ソファーから立ち上がってエヴァルドを促す。話が飛びすぎて、二人は戸

惑いを隠せない。

「サイラス、何言っているんだよ。今すぐなんて無理だろ！」

エヴァルドが、大きな声を上げる。

「いや、むしろこちら側がもう限界なんだ。締結するはずだった条約が、エヴァルドがいないことで延期されている。エヴァルドが、急な体調不良という理由で何とか誤魔化していて。セレスティーヌ嬢、大変申し訳ないがエヴァルドは連れていく。もう、セレスティーヌ嬢の入国拒否は解いてあるから、いつでも好きな時に戻ってくるといいよ。では、こちらの当主には、改めて謝罪とお礼の文を出すのでよろしく伝えてほしい」

そう言うと、サイラスはエヴァルドの腕を取って無理やり居間の扉に向かう。

「サイラス、ちょっと待ってください」

エヴァルドが、サイラスを振り切ってセレスティーヌの元に戻ってくる。

「セレスティーヌ、さすがに時間切れみたいです。この国での生活は楽しかったですが、やっぱり自分の育った国に迷惑はかけられません。先に戻っているので、必ずリディー王国に来てくれますか？」

エヴァルドが、心配そうにセレスティーヌの瞳を見つめる。セレスティーヌは、この優しくて自分よりも国を想うエヴァルドだから好きになった。

「はい。もちろんです。今度こそ必ず、エヴァルド様の元に戻りますね」

セレスティーヌが、満面の笑みでエヴァルドに微笑みかける。エヴァルドが、セレスティーヌの手を取ってチュッと指先にキスを落とす。

そして、少年みたいな笑顔を残してサイラスと共に慌ただしくブランシェット家を後にした。

セレスティーヌは、キスされた指先を見つめて後から恥ずかしさが込み上げる。今度こそ絶対に、リディー王国で再会しようと胸に思いを込めた。

今日は、とてもいい天気だった。日中は、じっとしていても暑いくらいで太陽の日差しがとても強く肌を焦がす。土の上にできる影は、どの季節よりも色が濃い。

インファート王国に戻った時は春を感じ始めたばかりだったのに、既に季節は夏になっていた。

ほんの一カ月程度の滞在のはずが、三カ月も経過している。エヴァルドが先に、リディー王国に帰ってから一カ月の月日が経っていた……。

早くエヴァルドに会いたいと思いはしたが、大きなイベントが二つも控えていたこともあり、すぐにリディー王国に戻る訳にはいかなかった。

エヴァルドとインファート王国で約一カ月ほど過ごしたことにより、レーヴィーの爵位の授与と、セシーリアの結婚式が迫っていたのだ。

子供たちに、全部が終わってからリディー王国に戻ればいいと言われ従う他なかった。

やっぱり、どこまでいってもセレスティーヌは子供たちの母親だった。それを捨てることなんてできる訳がない。

でも結局、一カ月過ぎてしまえばリディー王国に戻らなくて正解だったと感じた。

レーヴィーの爵位の授与式では、当主として立つ立派な息子を目に焼き付けることができた。幼い頃は、自分のスカートの裾を握りしめて挨拶もできない子だったのに、こんなに立派に、こんなに大きく成長してくれたことに目頭が熱くなった。

とても盛大に行われた授与式は、お客様の参加人数も多く準備から当日の進行まで本当に大変なものであった。だけれど、レーヴィーの妻のクリスティーンが見事に取り仕切った。

夫婦で協力してブランシェット公爵家を引継いでくれる姿を見たら、自分の役目は終わったのだとはっきりと自覚できた。

セシーリアの結婚式は、準備の段階からハワード家に輿入《こし》れするまで全ての過程で母親として見守ることができた。

結婚式当日の、セシーリアの美しさは目の覚めるものだった。純白のドレスに身を包んだセシーリアには、以前の我儘で傲慢だった面影はどこにも見当たらない。

凛《りん》とした表情で、ヴァージルの隣に立つセシーリアの姿を参列席から見ていたら涙が滲んできた。

セシーリアとの今までの思い出を振り返ると、決して順調ではなかった日々が頭を巡る。意地っ張りで素直な子じゃなかったから、ぶつかることも沢山あった。だけど今目にするセシーリアは、誰に自慢しても恥ずかしくない素敵な女性に成長してくれた。

セレスティーヌは、門出に立つ子供二人の姿をしっかり見ることができて幸せだと心の底から思えた。


今、セレスティーヌはグラフトン家の星が瞬く温室に来ている。セレスティーヌは、ブランシェット家での役目を全て終了させてやっとリディー王国に戻ってきたのだ。

しかも、予定よりも数日早く戻ることができたセレスティーヌは、エヴァルドに黙ってこっそり戻ってきていた。

きっとエヴァルドに言ったら、何が何でも迎えに来そうだったから。

エヴァルドは、約一カ月ほど国を出ていたことで仕事が溜まりに溜まっていて連日仕事に追われていた。

無事に条約を締結させたことで、サイラスの評価が高まり王位譲渡への機運が高まっている。セレスティーヌは、あの王太子のことだからきっとこのまま父親を退位させ王になるのではと考えている。

そのことも重なり、エヴァルドは多忙を極めていた。

今日も、エヴァルドは遅くなると執事に言われている。だから、エヴァルドが帰ってきたら、セレスティーヌが温室にいると伝えてほしいとお願いした。

再会するのなら、できればここがいいとセレスティーヌは思っていた。

ずっと、言えずにいた子供の件も今日必ず言おうと心に決めている。それを後回しにして、これからをエヴァルドと一緒に歩いていくことなんてできないのだから。

セレスティーヌは、真っ白い噴水の枠に腰かけて、温室のガラス越しに輝く星を眺めていた。

一年前に離縁してから、沢山の出来事が起こった。それまでのセレスティーヌの人生は、波乱に満ちていたけれど、この一年は今までになく楽しかったような気がする。

一六歳で母親になってから、初めて自分だけの為に時間を使った一年だった。

自分が生まれ育った国を出て、ただのセレスティーヌとして暮らした。それは、自分で考えていたよりもずっと自由で楽しいものだった。

一緒に幸せになりたいと思える、男性にも巡り合えた。

恋をするって、不思議だ。

恋するぞってやる気になったり、積極的に探したり、そういう恋もある。だけどセレスティーヌの恋は、気づいたら心の中にそっとあった。

エヴァルドが歩いてきた道があって、セレスティーヌが歩いてきた道があったから交差した。

二人が出会う為には、今までの全部が必要だった。そんなふうに考えたら、セレスティーヌの結婚していた二〇年を、もっと誇っていいのかもしれないと思えてくる。

何もかも、全部をひっくり返せるのが恋なのかもしれない。

「セレスティーヌ！」

温室のドアが開き、エヴァルドの声が響き渡る。

「エヴァルド様」

セレスティーヌが立ち上がり、エヴァルドに向かって返事をする。セレスティーヌの声を聞いたエヴァルドは、噴水の方に向かって真っすぐに歩いてきた。

エヴァルドの姿が見えると、セレスティーヌが声をかけた。

「エヴァルド様、お帰りなさいませ」

エヴァルドが、セレスティーヌの顔を見てパッと嬉しそうに笑顔を零した。

「帰ってきたら、セレスティーヌがいるって聞いてびっくりしました」

エヴァルドが、今にもセレスティーヌに抱きつきそうなくらい興奮していた。セレスティーヌは、ぎゅっと拳を握って勇気を出す。

「エヴァルド様、お話ししたいことがあります」

エヴァルドは、今にもセレスティーヌの手を取ろうとしていたが押しとどまった。

「はい。何でしょうか？」

エヴァルドが、セレスティーヌの真剣な眼差しに気づき自身も呼吸を整える。セレスティーヌは、小さく深呼吸をした。

ずっと今まで考えてきた。もし、それでは困ると言われても、それはしょうがないと納得するつもりだ。

「私、もう子供を育てるつもりはないんです。こんな私でも、エヴァルド様とこれからずっと一緒にいてもいいですか？」

セレスティーヌは、止まらずに一気に言い切る。恐る恐る、エヴァルドの顔を窺った。

エヴァルドは、何を言われるのか怖くて息をするのを忘れていた。セレスティーヌの言葉を聞いて、驚きはしたが安心が勝り大きく息を吐き出した。

「びっくりしました。やっぱり、好きじゃないと言われるのかと……」

エヴァルドが、安堵《あんど》の表情を浮かべている。

「違います。そんな訳ないです。エヴァルド様のことは、好きです。私はずっと一緒にいたいと思っています。でも、子供のことは大切なことなのにずっと言い出せなくて、申し訳ありません」

セレスティーヌは、エヴァルドに頭を下げる。

「そんな、謝らないでください。私も、何も先のことを考えていなくて、ただセレスティーヌとずっと一緒にいたいと思っただけだったので。何も気づかなくて申し訳ないです」

エヴァルドは、これから先の具体的な事柄を全く考えていなかったことを反省する。

自分の中で、結婚なんてできるはずないと思い込んでいた。だから自分のことを好きだと言ってくれる相手に、出会えただけで充分だった。

「エヴァルド様は、公爵家の当主です。子供を望まない相手なんて困りますよね？」

セレスティーヌは、不安げな表情で訊ねる。

「私は、結婚できると思ってなかったので養子を取るつもりでずっといました。だから、子供のことなんて全く考えていません。私は、セレスティーヌがいてくれるだけで幸せです。それを理由にセレスティーヌが離れてしまうなら、私は子供はいりません」

エヴァルドが、きっぱりと告げる。今度こそエヴァルドは、セレスティーヌの手を取る。

そして、更に言葉を続ける。

「セレスティーヌが、もう子供のことを考えられないのはよくわかります。養子は取らないといけないと思いますが……。そうだな……セレスティーヌのお孫さんが、これから沢山生まれるでしょう？　さっちり育ててもらって誰か一人、養子にもらえないか考えてもらいましょう」

エヴァルドが、良いことを思いついたとばかりに満面の笑みで言う。セレスティーヌは、驚く。そんなことを言ってくれるなんて想像もしていなかった。

エヴァルドが提案してくれたことは、現実的じゃないってわかっている。でも子供のことを気にしなくていいというその気持ちがとても嬉しかった。

セレスティーヌの胸に、じわじわとエヴァルドの優しさがしみ込んでくる。

「エヴァルド様、ありがとう」

セレスティーヌは、涙が零れそうになっていた。しかし、エヴァルドが更にびっくりすることを言い始める。

「それに、もし万が一子供ができたら僕が育てます。申し訳ないのですが、産むのは頑張ってもらいたいです。代われなくてすみません……」

エヴァルドが、肩を落としてシュンとしている。

セレスティーヌは、目が点になる。零れそうになっていた涙が、どこかに行ってしまう。言われたことが突拍子もなさすぎて、驚きを通り越して笑えてくる。

「ふふふふ。あはは。……エヴァルド様……。そんなこと、考えたこともなかった。そう、そうなの……。エヴァルド様も一緒に育ててくれるのね……」

子育てって、母親だけのものだと思っていた。そうじゃないんだ……。セレスティーヌの中で、何かがパリンと割れて胸の中で疼《うず》いていた気持ちがスッキリする。

全部、迷ったり悩んだり悲しんだり何でも相談していいんだ。一緒に考えてくれる。これからは、私一人じゃないんだ。

突然笑い出したセレスティーヌを、不思議そうにエヴァルドが見ている。セレスティーヌは、エヴァルドへの想いが溢れてギュっと抱きつく。

エヴァルドは、まだ慣れないのか一瞬凍り付いたが、ぎこちなくもギュっと抱きしめ返してくれた。

「エヴァルド様、私、子供のことは神様に任せる。エヴァルド様となら、大丈夫な気がするから」

セレスティーヌが、腕を緩めてエヴァルドの顔を見る。嬉しそうな、恥ずかしそうな何とも言えない表情をしている。

「あの、セレスティーヌ……」

エヴァルドが、何だか言いづらそうな顔をしている。

「何ですか？」

セレスティーヌが、首を傾げる。

「その……、キスしてもいいでしょうか……？」

エヴァルドが、勇気を振り絞って聞いているのがわかる。耳が赤いし、嫌がられたらどうしようと顔に書いてある。

セレスティーヌが、エヴァルドの顔を覗き込み背伸びをしてチュッと唇を奪う。もう一度、エヴァルドの顔を見ると、目を見開いて驚いている。

「エヴァルド様、許可なんていりませんよ」

セレスティーヌが、笑いながら呟く。

——その瞬間。

エヴァルドが、セレスティーヌを引き寄せて唇を重ねた。

温室の中は、甘く薫る花の匂いに満たされている。透明なガラスの先に、何万何億という星が瞬き、その空で一際目立ちながら黄色く輝く三日月。

セレスティーヌの岐路に、必ず姿を現す月。今宵の月は、セレスティーヌ一人ではなくエヴァルドと重なり合う二人を優しく照らしていた。

エピローグ

目に見える範囲全てになだらかな丘が続き、足元に咲き誇る青くて小さな花が視界一面に広がっていた。

真っ青な空の青と、ネモフィラという花の青がどこまでも続く幻想的な風景。セレスティーヌは、その風景に見惚《みと》れる。ここがどこなのか、なぜここにいるのかわからないままだったけれど……。

怖いくらいに綺麗な景色で、一人でここにいるのが何だかとても寂しく感じた。

「おかあさまー」

セレスティーヌの背後から、女の子の可愛らしい声が聞こえる。振り返ると、セレスティーヌの大好きなエヴァルドが、可愛らしい女の子を腕に抱いていた。

その女の子が、セレスティーヌに向かって笑顔で手を振っている。セレスティーヌは、誰なのかもわからずに手を振り返した。

女の子がエヴァルドの腕から下りて、セレスティーヌの元に走ってくる。その手には、足元に広がるネモフィラの花で作ったのか花冠が握られていた。

セレスティーヌは、自分の元に駆けてくる女の子を知らない。あの子は、誰なのだろう？

頭の中は疑問だらけだったけれど、エヴァルドの方を見るととろけるほどに優しい眼差しを、その子に向けていた。

だからきっと、二人にとって大切な子なのだろう。

セレスティーヌの元に駆けてきた女の子は、手に持っていた花冠を自分に差し出す。

「おかあさま、これおとうさまといっしょにつくったの。あげる」

女の子は、きらきらした瞳をセレスティーヌに向けた。セレスティーヌは、女の子の目線に合わせるように膝を折ってしゃがんだ。

「ありがとう。とっても綺麗だわ」

女の子から花冠を受け取ってにっこりと微笑む。女の子の顔をまじまじと見ると、茶色の髪で、足元に広がっているネモフィラのような青い瞳をしていた。

好奇心に溢れたその瞳は、ぱっちりしていてきらきら輝いている。どことなくエヴァルドに似ているその女の子を見ていると、自分と彼との間に生まれた子供なのだと自然に思えた。

そう思った瞬間、愛しさが溢れて何だか泣きたい気持ちになった。まだ結婚式もしていないはずの自分に、子供がいるはずなんてない。

これは、セレスティーヌが見ている夢なのだ。エヴァルドと結婚を決めたセレスティーヌは、心のどこかでずっと引っかかっていた。

彼に自分の子供を抱かせてあげられるのだろうか？　養子でもいいと言われたのだから、気にする必要なんてないのだと安心したはずだったけれど。

エヴァルドと一緒にいればいるほど、この優しくて温かい私の大好きな人の子供が欲しいと思うようになった。

今、この子に向けているような、とろけるような眼差しを見てみたいと願うようになった。セレスティーヌは、女の子を抱きしめる。温かくて柔らかい。

「おかあさま、いたいよー」

セレスティーヌは、慌てて手を緩める。女の子の顔を見ると、頬をぷくっと膨らませて怒っている。そんな表情もたまらなく可愛らしい。

「セレスティーヌ、大丈夫ですか？」

後ろからゆっくり歩いてきたエヴァルドは、心配そうにセレスティーヌの顔を窺っている。

「大丈夫よ。幸せでちょっと感激しているだけ」

セレスティーヌは、そのまま女の子を抱き上げて立ち上がる。エヴァルドに向かってにっこりと微笑む。

すると女の子が、セレスティーヌの顔を見ながら一生懸命しゃべりかけてきた。

「おかあさま、わたしね、おとうとがいるの。おそらでいっしょにあそんでたのよ。おとうとはね、はやくしないとおそらのしたにいけないいんだって。おかあさまにあったら、できるだけはやくつたえてねっていってたよ」

セレスティーヌとエヴァルドは、びっくりして顔を見合わせる。セレスティーヌは、エヴァルドに何かを言おうとしたはずだったのに、どんどん景色が遠ざかっていった。


「おはようございます、セレスティーヌ様」

セレスティーヌの侍女が、部屋のカーテンを開けながら言った。ほのかに暗かった室内に、金色の日差しが差し込む。

セレスティーヌは、眩《まぶ》しくて目を細めた。朝だと思って日差しの差し込む窓を見ると、夢の中で見たような青空が広がっていた。

今まで見ていた夢を思い出す。何とも言えない幸福感と、女の子に最後に言われた内容を思い出すとちょっと恥ずかしい。

セレスティーヌは、ゆっくりとベッドから起き上がった。部屋を見渡すと、真っ白い生地のウエディングドレスに陽《ひ》の光が当たって、更に白さを際立たせていた。部屋の中は、ブーケに使うユリの匂いが香っている。

ハンガーにかかるウエディングドレスの前に立って、セレスティーヌはエヴァルドのことを考えていた。

「セレスティーヌ様、今日はとてもいい天気ですよ」

侍女が、顔を洗う為の水をたらいに入れてくれている。

「おはよう。綺麗な空ね」

セレスティーヌは、侍女に向かって朝の挨拶をした。まださっきの夢が、鮮明に頭の中に映像として残っていて、何だか心がふわふわしている。

「今日は、遂にお二人の結婚式ですね。使用人一同、この日を楽しみにしておりました。本当におめでとうございます」

侍女は、溢れんばかりの笑顔を浮かべて頭を下げた。

「ありがとう。この屋敷のみんなに、そんなふうに思ってもらえて嬉しいわ。今日は、よろしくお願いね」

セレスティーヌも侍女に笑顔を向けた。そして、ウエディングドレスに向き直る。結婚式の朝に見た夢。とても幸せで、胸が締め付けられるくらい綺麗だった。

諦めていた夢が、もしかしたら叶うのかもしれない。エヴァルド様に、何て言って教えてあげればいいのかしら？　ふふふとドレスを見ながら微笑む。

「何かいいことがありました？」

嬉しそうに微笑むセレスティーヌに、侍女が聞いてくる。

「とっても幸せな夢を見たの。今日から始まる毎日が、愛おしくなる夢」

セレスティーヌの見た夢が、正夢なのかそれはまだわからない。でも、結婚式の朝が光り輝くものだったのは本当のこと。

セレスティーヌは、とても幸せな気持ちのまま結婚式の準備へと向かった。


二人の結婚式は、王都で一番大きな教会に決まった。当初二人は、親族と親しい友人のみでささやかな式を挙げるつもりでいたのに、それを王になったサイラス陛下に止められてしまったのだ。

王の右腕である、公爵家の当主の結婚式なのだから盛大に行えと言われ、二人が考えていたよりも豪華で盛大な式になってしまった。

セレスティーヌは、式場係にドレスとベールが汚れないように、介添えしてもらいながら教会へと向かう。セレスティーヌが着ているウエディングドレスは、オーレリアに選んでもらったものだ。

マーメイドラインのドレスに、マリアベールと呼ばれる後頭部だけを包み込むベール。手元には、大輪のユリのブーケを握りしめ、その姿は凛とした冴えるような美しさで誰もが見惚れるほどだった。

教会の入口に、エヴァルドが黒いタキシードに身を包み緊張した面持ちで待っていた。

「エヴァルド」

セレスティーヌが呼びかけると、エヴァルドは目を見開いて驚いた。

「セレスティーヌ、凄く綺麗です」

エヴァルドが、眩しいくらい嬉しそうに微笑む。セレスティーヌは、恥ずかしそうに「ありがとう」と言ってエヴァルドの隣に立った。今日のエヴァルドは、髪を少し切ってしっかりとセットしている。いつものエヴァルドは落ち着いた雰囲気だが、今日は逞しい眼差しできりっとしている。

「エヴァルドもとっても素敵よ」

セレスティーヌが、エヴァルドの顔を見上げて言うと、彼は恥ずかしそうに俯いて頬を赤くする。

「僕は、世界で一番幸せだよ」

エヴァルドが、自信満々な表情で呟く。セレスティーヌは、嬉しいのと恥ずかしい気持ちが合わさり、赤くなった顔をユリのブーケで覆って誤魔化す。お互い緊張に身を包みながら、準備が整い扉が開かれるのを今か今かと待っていた。

不意にセレスティーヌは、子供たちのことを思い出した。今日の結婚式には、子供たちが来てくれることになっていたのに、息子たちだけがまだ到着していない。

きっとミカエルは来てくれないだろうと、諦める覚悟はしていた。だけど、他の二人も到着が遅れていることに、何かあったのかと心配になってしまったのだ。

冴えない表情をしているセレスティーヌに、気づいたエヴァルドが声をかける。

「セレスティーヌ、心配事かい？」

セレスティーヌが、顔を上げてエヴァルドを見た。

「息子たちが、まだなのが気になって……」

残念そうな表情を滲ませる。

「大丈夫、きっと彼らは来てくれるよ。セレスティーヌのことが、大好きなんだから」

エヴァルドが、いつもの優しい笑顔を零す。

「そうよね。ありがとう」

セレスティーヌは、エヴァルドの腕をギュっと強く握り返す。全ての準備が整い、式場係が教会のドアを開ける。パイプオルガンの音楽と共に、セレスティーヌとエヴァルドは教会に足を踏み入れた。

中に入り扉の前で二人一緒に一礼をする。

今日の式は、話し合って二人で入場することに決めた。これから先ずっと、二人で一緒に歩んでいきたいからと相談して。

一礼して頭を上げたセレスティーヌの目に、ミカエルの姿が飛び込んできた。

セレスティーヌの五人の子供たちが一列になって座り、拍手をして笑顔で迎えてくれている。

まさか、五人で来てくれるなんて思ってなかったので、セレスティーヌの目頭が熱くなる。

気づいたエヴァルドは、自分に摑まっているセレスティーヌの腕を優しく叩く。二人は、一瞬見つめ合った後、ゆっくりとバージンロードに足を踏み出した。

セレスティーヌは、式の間中、幸せで胸がいっぱいだった。今日は、セレスティーヌの家族であるフォスター家も全員で来てくれている。

セレスティーヌの大切な人たちに見守られながら、結婚式を挙げられたことが今でも信じられない。

インファート王国での生活に疲れて、ただ自由になる為だけに国を出てきた。それなのに、恋なんて知らなかった自分が、生涯愛せる人を見つけてしまった。この幸せに巡り合えた奇跡に感謝を捧げたい。

無事に結婚式を終えた新郎新婦は、バージンロードを通って招待客に見守られながら退場していく。

式の後は、緑の芝生が綺麗な広場で招待客との立食パーティーだった。セレスティーヌは、すぐに子供たちの元に向かう。

「ミカエル!」

セレスティーヌが声をかけると、ミカエルがセレスティーヌの方を振り返った。

「母上……」

ミカエルが、小さな声で呟く。声が小さすぎて、セレスティーヌには聞こえなかった。

「ミカエル？　ごめんなさい、聞こえなかったわ」

セレスティーヌが、ミカエルに近づいて申し訳なさそうに謝る。ミカエルは、拳を握ってセレスティーヌと目をしっかりと合わせた。そして、はっきりと告げた。

「母上、結婚おめでとうございます」

驚いたセレスティーヌの目から涙が溢れる。目の涙を拭いながら感謝の気持ちを伝えた。

「ありがとう、ミカエル。お母様は、貴方みたいな素敵な息子がいて幸せよ。きっとここにいる誰よりも、お母様が一番幸せ」

ありったけの笑顔をミカエルに向けると、彼も幼い頃に見せてくれた天使の笑顔で笑ってくれた。

「じゃあ、僕は母上と同じくらいの幸せを見つけるよ。その時は、自慢しに来るからね」

ミカエルが、力強い瞳でセレスティーヌと視線を合わせた。

「ふふふ。楽しみに待っているわ」

嬉しそうに笑うセレスティーヌの隣に、そっとエヴァルドが寄り添う。そして、優しく涙を拭ってくれる。

ミカエルは、その光景を見て悔しいと思う。でも、母親の笑顔を見て思い出した。

ああ、何だ。僕が大好きだった母上の笑顔だ。この笑顔が、ずっと見たかったんだ。自分だけのものになってほしくて頑張ったんだ……。

じゃあ僕はこれでいい。素敵だと思ってくれる息子でいい。僕は、逃げずに自分の幸せを見つけに行くよ。

ミカエルは、この時にやっとセレスティーヌを想う気持ちとさよならできた。

結婚式が終わって、セレスティーヌとエヴァルドは二人きりで夜の星空を眺めていた。

「エヴァルド、みんな大きくなっちゃったわ。嬉しいけれど、やっぱりちょっとだけ寂しい」

セレスティーヌが、エヴァルドの肩に頭を預ける。

「そうだね」

エヴァルドが、セレスティーヌを引き寄せて腰に手を当てる。セレスティーヌは、子供たちのことを考えていたら朝の夢を思い出した。

「ねえ、エヴァルド。私、今日、すっごい夢を見ちゃったの」

セレスティーヌは、ちょっと興奮した面持ちで言った。

「何でしょうか？　良いことだといいのだけど……」

エヴァルドが、ちょっと心配そうに訊ねる。セレスティーヌが、エヴァルドの肩を押して耳元で囁く。これから起こるかもしれない素敵な夢を。

「あの……それは……頑張りますね」

エヴァルドは、顔を真っ赤にしてとても驚いている。

「ふふふ。素敵な家族になりたい」

セレスティーヌは、エヴァルドの手に自分のそれを重ねて絡める。

「はい。楽しみですね」

エヴァルドの顔はまだ赤い。二人でギュっと手を繋いで頭上に広がる星空を眺める。幸せな二人の頭上には、星の優しい光が瞬いている。

きっとこの星の瞬きのような幸せが、これから歩む二人の道に繋がっている。

特別書き下ろし

グラフトン公爵夫妻とサイラス陛下

緑色の四角の真ん中にGの文字が入った紋章が描かれた馬車が、王宮へと続く道をガタゴトと通過していく。綺麗な色の緑を見て、誰もがグラフトン公爵家の馬車だと認識する。セレスティーヌとエヴァルドの二人は、結婚式を無事に終えその報告にサイラス陛下の元に挨拶に向かっていた。

馬車が王宮に到着し従者が扉を開けると、髪をセットしてお洒落なジャケットを着込んだエヴァルドが馬車から降りてくる。すぐにエヴァルドは、扉に向かって手を差し伸べた。するとセレスティーヌが彼の手を取って馬車からゆっくりと降りる。今日のセレスティーヌの装いは、髪をアップにし落ち着いたデザインながらも、鮮やかなグリーンのドレスを着ている。二人を日にする誰もが、幸せそうで温かな雰囲気に心を奪われている。エヴァルドを知っている人は、その変わりように驚いてもいた。いつも地味で存在感のなかったエヴァルドが、公爵家の当主たる威厳を取り戻していたから。今までのように、隅でこそこそと噂話をするような者は誰もいない。

結婚によって変わったのだと、誰もが認識した瞬間だった。

「エヴァルド、気のせいかしら？　皆の視線を集めているような？」

セレスティーヌは、自分たちに向けられた視線に気づき疑問に思う。前回、王宮を訪れた時はこんなに視線を感じることはなかったから。

「きっと、セレスティーヌが綺麗だからじゃないでしょうか？」

エヴァルドは、嬉しそうににこにこしている。そう話すエヴァルドを見上げて、自分ではなく彼を見ているのだろうと理解する。

最近のエヴァルドは、少し自信ができたのか生き生きとしている。最初に会った時から落ち着いた男性ではあったが、そこに魅力が増した。

社交界の人々が今更気づいたって遅いのだからと、エヴァルドの腕をギュっと握り直す。

「違うわ。きっとエヴァルドが格好良くてびっくりしているのよ」

セレスティーヌが、返答する。

「そんなことないと思いますが……。では、陛下のところに行きましょう」

エヴァルドがゆっくりと歩き出し、それにつられてセレスティーヌも歩き出した。二人は、にこにこしながら楽しそうに歩いていく。その姿から、とても仲が良く誰にも割って入ることはできないと思わせる雰囲気があった。

セレスティーヌが、サイラス陛下と会って話をするのはこれで三回目。前回会ったのは、インファート王国にエヴァルドを迎えに来た時だった。今までは、自分には関係のない人だと思っていたのでそこまで緊張しなかった。

しかし、今回はリディー王国の公爵夫人として挨拶をする。きっとこれから、長く関わっていかなければならない人だ。さすがのセレスティーヌも、胸に緊張をたずさえていた。

サイラス陛下は、王として戴冠式を終え新たな生活が始まったばかりだったこともあり、結婚式には出席することはなかった。その代わりに、披露宴で皆に振舞いなさいと王家にしか卸すことが許されていないワインが贈られた。

王からの祝いのプレゼントに、王家からも祝福される結婚式だと周知され関心を集めた。

「セレスティーヌ、着きました。ここです」

エヴァルドが立ち止まった扉は、黒くて白で装飾を施された重厚なものだった。セレスティーヌは、謁見室に通されると思っていたのだがどうやら応接室のようで困惑する。

「エヴァルド、ここって応接室ではないの?」

セレスティーヌが、小さな声で訊ねる。

「陛下が、いつも通りに話したいとおっしゃいまして……。大丈夫です、行きましょう」

エヴァルドが、扉をトントンとノックすると中から「入れ」と声がかかる。セレスティーヌは、緊張した面持ちでエヴァルドの腕を握っていた。

「失礼いたします」

先にエヴァルドが中に入る。続けて、セレスティーヌが室内に足を踏み入れ淑女の礼をした。

「セレスティーヌ・グラフトンです。サイラス陛下、お久しぶりにございます」

サイラス陛下は、前回会った時同様の優しい声で迎えてくれた。

「ああ、久しぶりだね。顔を上げてくれ」

セレスティーヌが、顔を上げる。約一年ぶりの再会だった。二人は、サイラス陛下が座る向かいのソファーに腰を下ろす。

前回、王宮に来た時と同じ執事がお茶とお菓子の準備をしてくれた。

「何だか、エヴァルドがエヴァルドじゃないみたいだな」

サイラス陛下が、面白がるように言う。

「一〇日ほど会わなかっただけで、そんなに人は変わりませんよ」

エヴァルドが、冗談を言うなと諌めるように視線を送る。

「変わったよ。結婚して自信に満ち溢れているじゃないか。卑屈さが抜けたって言った方が正解か」

サイラス陛下が、紅茶のカップを取って一口、口に運んだ。エヴァルドが言われたことを理解したのか、何て返答しようか考えているみたいだった。

「それはそうだね。結婚してセレスティーヌの夫になったから、これからはもっとしっかりしなくてはという思いが生まれたからね」

エヴァルドが、力強い目線をサイラス陛下に向けて答えた。セレスティーヌは、横でそれを聞いてやっぱり格好いいなとうっとりする。

「はは。全く、結婚でこんなに変わるなんてね。セレスティーヌには感謝だね」

サイラス陛下から突然話を振られたセレスティーヌは、一瞬何と返答するか言葉が詰まる。サイラス陛下が、このエヴァルドの変化を良いものだと受け取っているのか真意が読み取れなかった。

「いえ、私は何も。本来のエヴァルドが表に出てきただけです」

セレスティーヌは、無難な言葉を返す。サイラスが、諦めたように溜息を零す。

「はぁー。できた嫁をもらったよね。前に主張してこないところを見ると、エヴァルドがこれ以上地位が高くなるようなことは望んでないだろうね……」

セレスティーヌは、何を言っているのか理解できずにエヴァルドの顔を見る。エヴァルドは、やれやれといったように説明してくれた。

「サイラス陛下はね、私に本格的に王の側近として王宮で働けというんだよ。でも、私はこのまま自分の領地を最優先で生きていきたいとお断りをしたんだ。まだ諦めていなかったようだけど……」

サイラス陛下は、とぼけた顔をして誤魔化している。

「そうなんですか……」

セレスティーヌは、表情にこそ出さなかったが内心とても驚いていた。てっきり今後は、そうなるだろうと思っていたから。結婚をして今までの憂いを取り除いたエヴァルドなら、貴族たちのトップに立って働くことを求められるだろうと思った。

それにエヴァルドも承諾すると思っていたのだが……。

「セレスティーヌから、説得してくれって言っても無理だろうね？」

サイラス陛下が、控えめに訊ねる。

「申し訳ありませんが、無理です。夫がそう言うなら従うまでです」

セレスティーヌは、きっぱりとサイラス陛下に告げた。セレスティーヌも、エヴァルドは王族とは距離を置いて付き合うべきだと思っていた。

きっとサイラス陛下は、昔馴染みで仕事のできるエヴァルドを昔以上にこき使うだろうと感じていたから。

昔は、シャルロット殿下のことがありサイラス陛下なりに一歩引いていたはずだ。憂いがなくなった今、きっと容赦なく自分の為に動いてもらおうという算段だったのだろう。人の好《よ》いエヴァルドなら、きっとそれを許容するだろうと思っていたのだが……。セレスティーヌが思うよりもずっと、エヴァルドは頼もしく成長したのかもしれない。

「だと思った。もっと欲のある女性だったら違っただろうけどね……。仕方ないか……。でも、純粋な幼馴染としてはそんな女性で良かったって思っているよ。末永くエヴァルドをよろしく頼む」

サイラス陛下は、とても残念そうにしていたが最後には笑顔でセレスティーヌに向き合った。

きっと王命でエヴァルドを従わせることはできたのだろうが、それでは意味がない。そんなことをしたら、きっとエヴァルドの心はサイラス陛下から離れてしまう。この関係で満足するべきなのだときっと悟ったのだろう。

今日の本題だった話を終えた後は、お祝いのワインのお礼を伝えたり、たわいもない話題に花を咲かせて王宮を辞した。

王宮からの帰りの馬車の中で、セレスティーヌはエヴァルドに訊ねる。

「私、てっきりエヴァルドは、王宮で働くと思っていたわ。グラフトン家のことは、私がフォローするつもりでいたのよ？」

エヴァルドは、真剣な眼差しをセレスティーヌに向ける。

「勝手に決めて申し訳なかったです。でも、今までのようにサイラス陛下に、いいように使われるのは嫌だと自覚して。私は、セレスティーヌを守ることが最優先なので。セレスティーヌの夫である、グラフトン家の当主という役目を全《まっと》うしたいと思ったんです。それに、サイラスはすぐに調子に乗るからこれくらいで丁度いいんですよ」

エヴァルドが、おかしそうに笑う。エヴァルドなりに、王家との距離感を今までのことで学んだのだ。

セレスティーヌは、自分を守りたいと言ってくれたことに心が熱くなる。エヴァルドのことは、素敵な人だと初めて会った時から感じていた。

彼を知る度に、一緒にいる時間が長くなっていけばいくほど、好きという気持ちが大きくなる。これが誰かを愛することなんだって、実感としてセレスティーヌの体を駆け回る。

「私、エヴァルドを愛しているわ」

セレスティーヌは、零れ出る気持ちを呟く。エヴァルドは、とても幸せそうだ。

「はい。僕も、セレスティーヌを愛しています」

馬車は、貴族の屋敷が立ち並ぶ通りをゆっくりと進む。頭上を見ると、どこまでも続く青く澄んだ空が、馬車の通る道を明るく照らす。その道には、小さくて可憐な花が咲いていたり、石ころが転がっていたり、時には雨が降れば大きな水たまりが出現する。

道行く先に、どんなことが待ち受けているのかは、日々を積み重ねて知っていくだろう。

特別書き下ろし

ブランシェット公爵家

今日は、月に一度の夕食会がブランシェット公爵邸で行われている。その日は、子供たちがセレスティーヌの結婚式から帰って来て初めてとあって、思い出話に花を咲かせている。

家族の皆が、仲良く食事を摂っているのに自分一人だけが浮いている。エディーは、自分だけが蚊帳の外にいることに侘しさを感じていた。

「あのさっ」

フェリシアの話が一段落した後、ミカエルが勇気を振り絞って声を出した。皆の視線が一斉にミカエルに注がれる。

「僕さ、エヴァルド様と二人で話をしたんだ。エヴァルド様が話しかけてくれて……。何ていうか、言葉で表すのが難しいんだけど……凄くいい人だった。また遊びに来てくれって言ってくれたんだ」

ミカエルは、みんなに話すのがちょっと恥ずかしそうなそぶりも見せながら、凄く嬉しそうに語っていた。その姿を見たエディーは、息子が成長する姿が眩しくて羨ましい。息子を羨ましいと感じるなんて、情けない男だと尚更沈む。

「そしたら今度は、ミカエルお兄様と二人で遊びに行きましょう」

フェリシアが、目をキラキラさせて兄に提案をしている。それに対して、セシーリアが文句を言っているが周りは微笑ましく聞いていた。だけどエディーは、黙々と食事を口に運ぶしかできない。

「お父様は、何か報告はないの？」

セシーリアが、一人寂しそうに食事をしている父親に話をふる。エディーは、突然の会話に驚いて聞き返してしまう。

「えっ？　私かい？」

「そうよ。お父様だって何か話があるでしょ？」

今度は、フェリシアがエディーの顔を見て話しかけた。エディーは少し考えると、ずっと聞きたかったことを訊ねることにした。

「前から思っていたんだが……。この夕食会は、なぜ私を呼んでくれるのかな？　もう皆だけでいいと思うのだが……」

エディーは、自分で言って辛くなったのか最後は下を向いてしまう。

「父上、何言っているんですか？　この夕食会は父上の為なんですよ？　元々は、母上が子供たちに父上を忘れないように始めた食事会だし。それに、今では家族にとって大切な日なんです」

アクセルが家族を代表して、エディーに教える。

「私を忘れないため？」

「そうですよ。それさえも、知らなかったのですか？　父上らしいですが……。もういい加減、しっかりしてくださいよ」

レーヴィーが、呆れたように呟く。

「僕たちが家族なのは、父上が父上だったからです。誇らしいことではないですが、それでもここにいることに否定なんてしませんよ」

ミカエルが、何だが急に大人になってしまった。この前まで、エディーが慰める側だったのに。一気に追い越されてしまったと呆気にとられてしまう。

「そうそう。お父様だって色々、反省しているみたいだし。許せないこともあるけど、お父様だっていうのは変えられないですから」

フェリシアが、エディーを慰めてくれる。エディーは、優しい娘に感動して泣きそうだ。

「仕方ないじゃない。反省して変わろうとしている人を、のけ者にできないでしょ！」

セシーリアは、目も合わせてくれなくてツンツンしているが、言っていることは嬉しい言葉だった。

「わっ私は……なんで……。みんな、ありがとう」

エディーは、ついに泣き始めてしまい家族みんなはあきれ顔。それでも、父親を見る目は昔よりも温かい。エディーは、アナ以外の恋人を作らずに我儘な彼女に向き合って、日々思い通りにいかない毎日を送っている。最近は痩せてしまい一気に老け込んでしまった。セレスティーヌが育てた五人は、自分を変えようと頑張っている人がいれば手を差し伸べる子供たちだ。

ブランシェット家と言えば愛人で有名な家柄。けれどいつしか、温かな木漏れ日のような愛が詰まった家だと有名になる。

優等生だった子爵令嬢は、恋を知りたい。
～六人目の子供ができたので離縁します～②／完

あとがき

読者の皆様、こんにちは。お久しぶりでございます。

この度は、「優等生だった子爵令嬢は、恋を知りたい～六人目の子供ができたので離縁します～」二巻を、お手に取っていただきありがとうございました。

読み終わった後に、何かを感じてもらえたでしょうか？　心に残った場面やセリフがあると、作者としてとても嬉しく思います。

一巻は、セレスティーヌを取り巻く環境やエヴァルドとの出会いを中心に書きました。そして二巻は、恋愛に疎い二人の恋模様を丁寧に描写しています。落ち着いた大人の女性であったセレスティーヌは、初めての恋愛に一喜一憂します。そんな彼女が好きになったエヴァルドは、どんどん頼もしく格好いい男性に成長してくれました。書き始めた当初からは想像できないほど魅力的なキャラクターになり、書いた本人も驚いています。

最後に感謝の言葉で締めくくらせてください。

イラストを担当して頂いた、いちかわはる先生、へるにゃー先生、ありがとうございます。私が頭に描いた場面が、イラストとなって表れた瞬間はとても嬉しくて幸せな気持ちになりました。

また、出版に携わっていただいた皆様、本当にありがとうございます。いつも応援してくれる読者の皆様がいたから、このお話を書くことができました。本当にありがとうございます。

また、お会いできることを祈りつつ努力してまいります。

MAG Garden NOVELS

優等生だった子爵令嬢は、恋を知りたい。
～六人目の子供ができたので離縁します～②

発行日　2024年5月25日 初版発行

著者 完菜　イラスト いちかわはる

発行人　保坂嘉弘
発行所　株式会社マッグガーデン
〒102-8019 東京都千代田区五番町6-2
ホーマットホライゾンビル5F
編集 TEL：03-3515-3872　FAX：03-3262-5557
営業 TEL：03-3515-3871　FAX：03-3262-3436
印刷所　株式会社広済堂ネクスト
挿絵協力　へるにゃー（シュガーフォックス）
担当編集　須田房子（シュガーフォックス）
装　幀　ZZZAWA design+ 矢部政人

本書は、「小説家になろう」(https://syosetu.com/) 作品に、加筆と修正を入れて書籍化したものです。

ISBN978-4-8000-1449-8 C0093　Printed in Japan

著者へのファンレター・感想等は〒102-8019（株）マッグガーデン気付
「完菜先生」係、「いちかわはる先生」係、「へるにゃー先生」係までお送りください。